MÉMOIRES

DE

CHARLOTTE ROBESPIERRE

SUR SES DEUX FRÈRES.

Ces Mémoires furent laissés par Charlotte Robespierre à M. Laponneraye, qui a cru devoir les faire précéder d'une introduction dans laquelle, après avoir présenté des considérations générales sur Maximilien Robespierre, a tracé les principales circonstances de la vie de sa sœur, et raconte quelles furent ses relations avec elle.

MÉMOIRES

DE

CHARLOTTE ROBESPIERRE

SUR SES DEUX FRÈRES;

PRÉCÉDÉS

D'UNE INTRODUCTION

Par Laponneraye,

ET SUIVIS DE PIÈCES JUSTIFICATIVES.

DEUXIÈME ÉDITION.

A PARIS,
AU DÉPÔT CENTRAL, FAUBOURG ST.-DENIS, N° 16.

1835.

Sceaux. — Imprimerie de H. Baudouin.

INTRODUCTION.

Les principes sont tout, les hommes ne sont rien ; périssent donc mille fois les hommes, périssent les générations, périssent les empires, pourvu que les principes survivent à tous les naufrages et à toutes les destructions. Partout où règne le despotisme, et même partout où il s'est modifié en apparence, en s'enveloppant de l'hypocrite manteau de la monarchie constitutionnelle, l'égoïsme triomphant est assis sur un trône d'or, la corruption est une divinité que l'on adore, que l'on encense, et aux pieds de laquelle on sacrifie sans pudeur, probité, honneur et vertu. Alors les hommes sont tout, et les principes sont comptés pour rien ; ou si les oppresseurs de l'humanité les invoquent, c'est pour mieux tromper le vulgaire, car ils les réprouvent au fond de leur cœur.

Mais pour nous qui voulons l'égalité, qui la voulons aussi pleine et entière que possible ; pour nous, qui nous sommes attelés au char du dévouement et du sacrifice, et qui avons livré nos personnes et nos existences en pâture à la royauté ; pour nous enfin, qui avons juré haine et mort à la tyrannie, les hommes s'effacent, s'évanouissent, rentrent dans la poussière, et les principes, objet de notre culte, restent seuls debout.

Pourquoi donc invoquons-nous sans cesse quelques noms? Pourquoi donc semblons-nous dresser des autels à certains hommes, comme à des demi-dieux sur la terre? C'est qu'il est des noms qui résument des principes ; c'est qu'il est des hommes qui sont à eux seuls tout un système politique et social. Nommez Jésus, et vous aurez nommé l'abolition de l'exploitation de l'homme par l'homme, sous le nom d'esclavage ; vous aurez nommé la fraternité universelle, la charité, l'abnégation de soi-même, l'amour d'autrui et toutes les sublimes vertus que le fils de Marie a prêchées, et dont il fut le divin modèle. Nommez Jean-Jacques Rousseau, et ce nom cher et sacré vous rappellera l'apôtre de l'égalité, du dévouement et de la vertu dans un siècle corrompu et dépravé ; ce nom vous rappellera le livre incomparable où il trace d'une plume si vigoureuse les bases du contrat qui lie les hommes en société ; livre qui fut l'étincelle du grand incendie de 89. Nommez ces terribles et indomptables montagnards qui, la hache à la main, et environnés de foudres et d'éclairs, comme le dieu de Moïse sur le mont Sinaï, détruisaient à grands coups l'édifice du passé, et faisaient pleuvoir la mort sur les rois, les aristocrates et les traîtres; nommez surtout Maximilien Robespierre, et vous aurez nommé l'homme-principe, qui sous l'empire de circonstances extraordinaires eut le courage de déployer cette énergie qui lui attira tant de haines et de calomnies.

Quand nous parlons du principe révolutionnaire, nous n'entendons pas un principe qui soit seulement démolisseur et destructeur; nous entendons aussi un principe de rénovation et de réorganisation. Ce serait avoir une idée bien fausse de Robespierre, ce serait ne pas comprendre cet homme prodigieux, que de ne voir en lui qu'un instrument de destruction qui se rua brutalement contre des institutions mauvaises, sans avoir rien à mettre à la place; ce qui distingue éminemment Robespierre, c'est qu'il fut essentiellement réorganisateur, et que jamais peut-être homme ne comprit mieux que lui sur quelles bases l'ordre social doit être assis pour que l'humanité jouisse de la plus grande somme de bien-être possible.

Comme on le voit, la vie de Robespierre se présente sous deux faces : d'une part, nous le voyons armé d'un marteau infatigable, sapant la vieille monarchie de Clovis, de saint Louis et de Louis XIV ; nous le voyons surtout démolir pierre à pierre la féodalité, cette hydre aux cent mille têtes que la royauté a fait cadavre pour être absolue, et qui se dresse encore sous les plis de son linceul ensanglanté contre les idées du XVIIIe siècle, qui sont le coup de grâce de tout ce qui est aristocratie. D'une autre part, nous voyons Robespierre semer avec profusion des principes d'ordre, de morale et de haute politique sociale. De la même bouche dont il a prononcé le fatal véto qui doit envoyer à la mort Louis Capet, Marie-Antoinette, les Girondins, les Hébertistes et les Dantonistes, il expose les motifs admirables de la fête à l'Être suprême, il débite ces immortelles paroles : « Ne consultez que le bien de la patrie et les intérêts de l'humanité. Toute institution, toute doctrine qui console et qui élève les âmes, doit être accueillie; rejetez toutes celles qui tendent à les dégrader et à les corrompre. Ranimez, exaltez tous les sentimens généreux et toutes les grandes idées morales qu'on a voulu éteindre; rapprochez par le charme de l'amitié et par le lien de la vertu les hommes qu'on a voulu diviser. Qui donc t'a donné la mission d'annoncer au peuple que la Divinité n'existe pas, ô toi, qui te passionnes pour cette aride doctrine, et qui ne te passionnas jamais pour la patrie? Quel avantage trouves-tu à persuader à l'homme qu'une force aveugle préside à ses destinées, et frappe au hasard le crime et la vertu? que son âme n'est qu'un souffle léger, qui s'éteint aux portes du tombeau? »

Il y avait donc deux hommes en Robespierre. Et que l'on se garde bien de croire que ces deux hommes s'excluaient l'un l'autre. Non, au contraire; ils se prêtaient l'un à l'autre un mutuel et secourable appui. L'homme révolutionnaire mériterait toute la réprobation qui pèse sur lui, s'il n'avait été que révolutionnaire; s'il n'avait détruit que pour le plasir de détruire; s'il n'avait fait tournoyer le glaive de la terreur sur la tête des ennemis du peuple que pour le plaisir de faire tomber quelques têtes. De son côté l'homme réorganisateur ne serait qu'un rêveur généreux, qu'un utopiste à vues élevées mais impraticables; qu'un rhéteur habile mais impuissant, s'il avait voulu mettre à exécution ses projets de réorganisation sans déblayer cet énorme amas de gothiques ruines, de séculaires débris, d'aristocratiques décombres qui obstruaient la place où devait s'élever l'édifice de l'avenir. L'homme réorganisateur devait donc s'étayer de l'homme révolutionnaire, pour réaliser ses projets comme ce dernier devait marcher de concert avec le premier, et régler ses actes d'après ses idées, pour ne pas encourir le reproche d'avoir été inutilement rigoureux.

Si l'on veut admetre la distinction que je viens d'établir, et ce sera justice, puisqu'elle n'est nullement arbitraire, et qu'elle est basée, au contraire, sur la verité et sur la plus exacte appréciation des faits, on sera forcé de reconnaître que les ennemis de Robespierre ont été dirigés dans leurs attaques contre lui par une mauvaise foi, par une improbité insigne.

Les ennemis de Robespierre, et dans ce nombre il faut nécessairement ranger tous ceux qui trouvaient leur intérêt dans un régime diamétralement opposé à celui qu'il voulait établir, soit qu'ils fussent nobles, puisque Robespierre ne voulait pas de noblesse, soit qu'ils fussent prêtres, puisque celui qui avait proposé la fête à l'Être suprême ne croyait pas qu'il dût exister d'intermédiaires entre la Divinité et l'homme ; soit qu'ils fussent riches, puisque Robespierre pensait que l'impôt devait peser de préférence sur la richesse, par un système progressif sagement ordonné ; soit enfin qu'ils appartinssent de près ou de loin à l'une des trois aristocraties que je viens de nommer, ou qu'ils fussent seulement corrompus, égoïstes, cupides, puisque Robespierre croyait qu'il n'y avait de gouvernement juste et légitime que celui qui était appuyé sur la vertu, la morale et le désintéressement ; les ennemis de Robespierre, dis-je, ne l'ont représenté que sous l'un des deux aspects que j'ai indiqué plus haut : ils ne l'ont montré aux contemporains et à la postérité que comme homme révolutionnaire ; ils ont longuement et artificieusement énuméré ses actes comme tel ; ils les ont enflés, exagérés, et, en même temps, ils ont pris un soin extrême de dérober ses intentions à la connaissance de ses concitoyens, ou, s'ils n'ont pu les déguiser entièrement ils les ont défigurées, dénaturées, ils les ont rendues exécrables de pures et louables qu'elles étaient.

La postérité serait-elle disposée à ajouter foi au jugement que les catholiques auraient porté des protestans après les avoir tous massacrés dans la nuit de la Saint Barthélemy ? Supposez donc que tout le parti protestant a péri dans cette boucherie exécutée le crucifix à la main ; supposez que les seuls historiens catholiques en ont transmis les détails aux siècles futurs ; je vous le demande de bonne foi, si ces écrivains vous disent que les protestans étaient des infâmes, des scélérats, des cannibales, des monstres à face humaine, les croirez-vous? Dans l'impossibilité où vous seriez de juger le pour et le contre, n'ajourneriez-vous pas votre jugement? Une voix intérieure ne vous crierait-elle pas que, puisque les protestans n'ont pu défendre contradictoirement leur cause contre les catholiques, condamner les premiers et absoudre ceux-ci, c'est commettre la plus flagrante des iniquités, la plus monstrueuse des injustices?

Mais, dira-t-on, il fallait que les partisans de Robespierre prissent sa défense après le 9 thermidor ; tous ceux qui s'étaient rangés sous ses enseignes n'ont pas péri avec lui ; que n'ont-ils parlé, que n'ont-ils écrit en sa faveur? Quelle sanglante dérision! Parler en faveur de Robespierre après le 9 thermidor! lorsque celui qui prononçait son nom sans l'accompagner d'une épithète flétrissante, était accusé de ne pas le haïr assez, et comme tel était incarcéré; écrire en faveur de Robespierre! lorsque celui que l'on soupçonnait ne pas approuver l'horrible catastrophe du 9 thermidor était envoyé à l'échafaud. Ils ignorent donc ceux qui font cette objection, ou plutôt ils feignent d'ignorer qu'être robespierriste était un crime qui équivalait aux plus grands crimes, et qu'il y avait plus de sécurité peut-être à s'avouer parricide, qu'à s'avouer partisan de Robespierre. A-t-on retenu les noms de tous ceux qui ont voulu faire entendre quelques paroles d'apologie en faveur du martyr de thermidor, et dont la voix a été interrompue par le couperet de la guillotine ? A-t-on essayé d'énumérer ces innombrables proscrits que l'on menait par charretées à l'abattoir, et qui se demandaient pendant qu'on les attachait sur la planche fatale : Qu'ai-je donc fait ? — Ce que tu as fait, leur répondait le bourreau, tu as pleuré Robespierre.

Mais pendant que cette épouvantable terreur pesait sur la France, transformée en charnier, que faisaient les thermidoriens ? A quoi s'occupaient ces sycophantes gorgés de sang ? Ils décrétaient qu'ils avaient bien mérité de la patrie, et se décernaient des couronnes civiques ; ils anéantissaient les papiers de Robespierre, et en mettaient de faux à la place ; ils détruisaient tous les écrits, soit imprimés soit manuscrits, où l'on parlait avec quelque impartialité des actes, des intentions et des principes de Robespierre ; à cet effet, ils faisaient fouiller les librairies, les imprimeries et même les maisons particulières et poussaient leurs investigations jusque dans les lieux les plus secrets ; jamais l'inquisition n'avait déployé un plus grand luxe de persécutions, et n'avait recherché aussi minutieusement les ouvrages mis à l'index par elle ; et jamais les gouvernements despotiques de Vienne et de Pétersbourg n'ont pris de plus ridicules précautions pour préserver les peuples qu'ils oppriment de la contagion des idées révolutionnaires.

Ajoutez à cela que les thermidoriens ne prononçaient pas un discours à la tribune de la Convention sans y faire entrer une tirade déclamatoire et calomnieuse contre Robespierre ; que, dans leur correspondance avec les départements, ils déblatéraient sans cesse contre lui ; qu'ils envoyaient même des agens dans les villes et dans les campagnes pour le noircir aux yeux du peuple; que leurs journaux, et ils ne toléraient que les leurs uniquement, étaient presque entièrement et quotidiennement remplis d'injures atroces contre celui qu'ils avaient lâchement assassiné ; qu'ils faisaient répandre à profusion des chansons, des pamphlets, des complaintes, des gravures où il était dépeint comme un monstre ; que, pour avoir part à leurs faveurs, pour être admis dans l'administration publique, pour occuper un emploi quelconque, fût-on incapable et sans probité, il suffisait de détester Robespierre, il n'en fallait pas davantage.

Ce fut donc une mode, une habitude, un devoir, une nécessité même d'être anti-robespierriste. Les thermidoriens avaient réussi au-delà de leurs espérances à faire prendre le change à leurs contemporains sur le caractère de leur victime; mais après l'avoir dénaturé dans le présent, ils songèrent à la défigurer dans l'avenir : ils avaient faussé le jugement de leurs contemporains, ils songèrent à fausser celui de la postérité; ils se mirent à écrire l'histoire, ou tout au moins à préparer des matériaux pour l'histoire. Chaque thermidorien prit une plume et du papier, et fit des mémoires; c'est d'après ces mémoires que les différentes histoires de la révolution ont été écrites, soit que les auteurs de ces romans historiques fussent les partisans de la faction thermidorienne, soit qu'ils fussent leurs dupes comme l'avait été toute une génération.

Jetons un moment nos regards en arrière pour examiner cette époque où les thermidoriens ont joué un rôle si sanglant, et voyons quelle part ils ont prise au régime de la terreur, tant reproché à Robespierre.

L'assemblée législative décréta, après les événemens du 10 août, que le peuple élirait une Convention nationale dont la mission serait de donner une nouvelle constitution à la France.

Quand cette Convention fut élue, voilà à quoi tout le monde, et elle toute la première, croyait que se bornerait sa tâche. Chacun pensait que le nouvel édifice constitutionnel une fois construit, la Convention se séparerait après avoir préalablement investi du pouvoir ceux qu'elle aurait jugés dignes de l'exercer, et que la session conventionnelle n'aurait que quelques mois de durée.

Les choses se passèrent différemment : le parti patriote, étroitement uni pour détruire, se fractionna en deux nouveaux partis après la victoire : l'un voulait que la révolution du 10 août, faite pour et par le peuple, profitât au peuple; l'autre qu'il ne profitât qu'à une poignée d'intrigans. Ces deux partis se trouvèrent en présence dans le sein de la Convention nationale, et, dès les premières séances, se firent une guerre d'extermination. Je n'ai point l'intention d'écrire ici les hostilités des Girondins et des Montagnards, je l'ai fait autre part. Je ne veux que tracer une rapide esquisse des faits pour en tirer les conséquences.

Après huit mois de luttes qui empêchèrent la Convention de se livrer aux travaux législatifs qui faisaient l'objet de sa réunion, le parti girondin succomba. Reprochera-t-on aux Montagnards le sort qu'ils firent subir aux Girondins vaincus? Mais je demanderai quel sort eût été réservé aux

Montagnards, si les Girondins eussent triomphé? Avant le 31 mai ils avaient assez ouvertement manifesté leurs projets de vengeance et de mort; et après cette journée célèbre, n'ont-ils pas insurgé une partie des départemens de l'Ouest et du Midi contre la majorité montagnarde? Si vingt-deux Girondins ont péri sur l'échafaud, c'est qu'ils avaient conspiré contre la liberté et le bien-être du peuple, et que leur conspiration, après avoir longtemps été conduite dans l'ombre, avait enfin éclaté au grand jour, et ensanglanté une moitié de la France.

Je m'attends à une objection : de quel droit, me diront les partisans de la Gironde, les Montagnards s'emparèrent-ils de la redoutable omnipotence dont ils usèrent pour frapper les Girondins? Qui les avait rendus dépositaires de la hache dictatoriale? et à quel titre exerçaient-ils un pouvoir sans limites?

Je pourrais rétorquer cet argument, et dire : à quel titre les Girondins exercèrent-ils eux-mêmes un pouvoir non moins étendu depuis la chute, de Louis XVI jusqu'à leur propre chute? Mais je ne veux pas mettre en avant cette objection. Je ne veux invoquer que le salut public, qui seul avait investi les Montagnards de la dictature; et certes, quand les Girondins se rendirent maîtres du gouvernement, et exercèrent l'autorité en véritables despotes, ils n'avaient pas cette excuse comme les Montagnards, puisque la France alors n'etait pas en danger comme elle le fut dans le courant de l'année 93.

Et qui donc, grand Dieu! aurait sauvé la France, si les Montagnards n'avaient pris en main le pouvoir? Les Girondins trahissaient, était-ce les Girondins qui pouvaient la sauver? Ils tramaient des complots contre révolutionnaires, était-ce entre leurs mains qu'il fallait remettre les destinées de la révolution? La journée du 31 mai avait frappé la Gironde au cœur, comme celle du 10 août avait anéanti la monarchie; le peuple avait prononcé; son arrêt était irrévocable.

Autre objection: la Convention nationale avait pour mission de doter la France d'une constitution républicaine; cette tâche une fois remplie, elle devait se séparer.

Il faut convenir que les ennemis de la Montagne n'ont pas une bien grande richesse d'imagination; au lieu de nous opposer des objections nouvelles, ils vont cherchant dans la poussière du Forum quelque vieux lambeau de ces arguments tant de fois rebattus par les contre-révolutionnaires de 93, par les agents de Pitt et de l'émigration. Oui, voilà précisément ce que disaient les ennemis les plus implacables de la révolution, en affectant hypocritement de vouloir la république; donnez à la France un ordre régulier, un régime légal; elle est assez mûre pour la liberté. Ah! c'était à vous seuls satellites de l'aristocratie et de la tyrannie, que le régime révolutionnaire faisait peur, c'était à vous seuls, qu'il adressait ses coups; doux modéré, protecteur à l'égard des véritables patriotes, il n'était terrible qu'envers vous, parce que vous étiez les ennemis du peuple. Et c'est pour cela que vous demandiez le retour de l'ordre légal. Huit jours d'ordre légal comme vous l'entendiez, nous aurait suffi pour faire triompher la contre-révolution.

Mais la Montagne avait d'une main vigoureuse tendu l'arc; elle avait pourvu à tout. Partout où les contre-révolutionnaires se présentaient pour étouffer la liberté, ils rencontraient la mort; sur nos frontières, quatorze armées; à Paris, l'échafaud.

Le sang a coulé, direz-vous, et voilà notre éternel grief contre les Montagnards. Ici encore je pourrais vous battre avec vos propres armes, je pourrais vous dire : Ne vous rappelez-vous donc plus les sanglantes proscriptions de 94 et 95 cette réaction sans exemple dans les fastes du monde, tant elle fut atroce? Ne vous rappelez-vous plus ces échafauds dressés en permanence d'un bout de la France à l'autre, après le 9 thermidor? Et je pourrais ajouter, **1815** est-il donc sorti de votre mémoire ? **1815** , où les meurtres juridiques et les égorgements à domicile moissonnaient tout ce qu'il y avait de noble et de pur ? Je m'arrête, car je sens trop que l'avantage est de mon côté, et qu'il ne serait pas généreux d'accabler un ennemi terrassé.

Le sang a coulé, dites-vous ? mais il me semble que vous n'avez pas le droit d'en demander compte aux montagnards, vous qui, par vos complots sans nombre contre le salut public, les avez mis dans la nécessité cruelle de sévir avec la dernière rigueur. Taisez-vous donc ; et, s'il vous reste quelque pudeur, ne venez plus distiller votre bave impure sur la tombe de ces illustres morts et leur donner le coup de pied de l'âne.

Ainsi donc, va-t-on me dire encore, vous vous constituez, envers et contre tous, l'apologiste quand même des excès de **93**, de tous les excès de cette époque, sans exception. Entendons-nous. Je ne me constitue l'apologiste d'aucun excès, à moins qu'on ne veuille à toute force considérer comme excès les rigueurs indispensables de **93**. En ce cas, je dirai qu'il y a eu des excès nécessaires et des excès inutiles ; que je flétris de tout mon mépris, de toute mon indignation ces derniers, et que j'approuve les autres.

Je les approuve, dans ce sens qu'il vaut mieux

sacrifier un membre que de laisser périr le corps entier, qu'il vaut mieux, quand une maison brûle, endommager la toiture, ou abattre quelques pans de muraille, pour arrêter les progrès de l'incendie, que de la laisser consumer entièrement par les flammes.

Mais quant à l'épouvantable Carrier, l'abominable Fouché, au féroce Tallien ; quant à ce couple forcené, Barras et Fréron, qui noya Toulon dans les larmes et dans le sang ; quant à tous ces proconsuls impitoyables qui se repaissaient de meurtres, et qui semblaient puiser une vie nouvelle et d'ineffables jouissances à l'odeur des cadavres, honte, exécration sur eux !

Et ici je dois établir une importante distinction. La Montagne, que jusqu'à présent j'ai personnifiée en Robespierre, se partageait en deux fractions, dont l'une avait réellement Robespierre pour chef et pour type; et dont l'autre était sans portée, sans vues, et ne se laissait guider que par ses grossières passions. Tant que la première, Robespierre en tête, fut influente dans le gouvernement révolutionnaire, tout alla convenablement ; mais dès que la seconde eut pris le dessus, le mouvement ascendant de la révolution s'arrêta, et le 9 thermidor eut lieu.

Ouvrez l'histoire, et, sans vous arrêter aux

déclamations et aux amplifications contre-révolutionnaires, n'étudiez que les faits, pesez-les, méditez-les avec attention, ou je me trompe fort, ou de cette étude ressortira pour vous la conviction que les excès inutiles de 93 doivent être attribués à cette portion de la Montagne qui envoya Robespierre à l'échafaud, et qui par conséquent voyait les choses autrement que lui et était affectée de passions et d'idées différentes. A cette conviction s'en joindra une autre, c'est que les révolutionnaires les plus exagérés, ceux qui prêchaient le désordre et l'anarchie, ceux qui voulaient faire couper cent quarante mille têtes à Lyon ; ceux qui dressaient burlesquement des autels à la déesse Raison ; ceux enfin qui avaient pris à tâche de ridiculiser la révolution par des saturnales dégoûtantes, et de la déshonorer par des excès atroces, n'étaient autre chose que des agents de l'étranger qui recevaient leurs inspirations des cabinets de Londres et de Vienne, et qui auraient poussé la révolution dans le chaos, et ramené la France sous le joug de ses anciens maîtres, sans l'énergie salutaire de la Montagne, tout entière groupée autour de Robespierre pour exterminer les ultra-révolutionnaires.

Si l'exagération était un crime, la modération, tant qu'il restait des dangers à combattre et des obstacles à vaincre, était également un crime, en tant qu'elle assurait l'impunité aux ennemis de la révolution. Après avoir sévi contre les hébertistes, types de l'exagération révolutionnaire, il fallut sévir contre les dantonistes, types de la modération contre-révolutionnaire, et qui parlaient imprudemment de clémence lorsque la patrie était encore sur le bord de l'abîme. Cette fois encore, et ce fut la dernière, la Montagne tout entière prêta son appui à Robespierre pour purger la Convention de Danton et consors (1). Mais, lorsque la portion impure de la Montagne eut fait réflexion que les griefs invoqués par Robespierre contre Danton se basaient autant sur son immoralité et sa corruption, que sur la modération inopportune dans laquelle il s'était follement jetté, elle comprit, elle qui n'était pas moins immorale et corrompue que Danton, que les coups de Robespierre passaient par Danton pour arriver jusqu'à elle ; elle comprit que puisque Robespierre voulait fonder la république sur la morale et la vertu, elle ne pour-

(1) On verra dans les *Mémoires* de Charlotte Robespierre que Maximilien ne sévit contre les dantonistes qu'à la dernière extrémité, et après avoir fait auprès de son ancien ami Camille une démarche pour le supplier de revenir aux véritables principes révolutionnaires.

rait trouver place dans un ordre de choses ainsi constitué ; elle résolut donc d'abattre Robespierre. Et la rupture qui ne tarda pas à s'opérer entre les deux fractions de la Montagne, n'avait pas seulement pour cause l'immoralité de l'une et la rigidité de principes de l'autre ; elle prenait encore sa source dans une divergence très grave d'opinions. La portion impure de la Montagne voulait la continuation indéfinie de la terreur, l'autre portion, et particulièrement Robespierre, voulait que les crises révolutionnaires qui depuis deux ans se succédaient en France, fissent place à quelque chose de régulier et de stable.

Dans l'ordre moral comme dans l'ordre matériel, rien n'existait plus de ce qui avait appartenu à l'ancien régime. Les croyances religieuses avaient péri avec tout le reste. Un pareil état de choses ne pouvait être qu'essentiellement temporaire ; car, le moyen qu'une société puisse longtemps vivre sans croyances, sans ordre, sans principes fixes et permanents ? La fièvre révolutionnaire avait bien pu pour un certain temps tenir lieu de ce qui manquait aux âmes, et remplir le vide effrayant où elles nageaient ; mais cette fièvre ne devait pas durer toujours, et une fois éteinte, l'absence totale de croyances menaçait la société d'une subversion funeste.

L'homme a besoin de croyances. Il a besoin de croyances, comme il a besoin d'eau pour boire et de pain pour manger ; l'eau et le pain sont la pâture de son corps, comme les croyances sont la pâture de son âme. L'homme sans croyances est comme une lampe privée d'huile, comme une plante que le soc du laboureur a déracinée, et qui penche languissamment vers la terre sa tête flétrie. L'homme sans croyances ne vit que d'une vie factice ou plutôt la vie pour lui n'est qu'un rêve de douleur, un cauchemar de tristesse, un ennui perpétuel et dévorant, qui lui dessèche, qui lui ronge le cœur. Il se débat dans la vie comme dans une bauge d'infamies et de turpitudes. Ainsi qu'un naufragé qui se noie, il étend les bras de toutes parts pour saisir la planche qui doit l'arracher à la mort du néant. L'homme sans croyances se traîne péniblement et avec un convulsif effort du berceau au tombeau, et meurt sans avoir vécu.

Robespierre était tellement imbu de ces hautes vérités, et il en était d'autant plus imbu qu'il était croyant lui-même, que, dans ses projets de réorganisation, il faisait entrer en première ligne, je ne dirai pas le plan d'une religion nouvelle, mais la reconnaissance d'un principe qui à lui seul constitue tout un ordre d'idées, toute une religion ; c'est-à-dire le principe de l'immortalité de l'âme et de l'existence de Dieu. Il voulait que cette doctrine consolante servît pour ainsi dire de portique au nouvel édifice social pour la construction duquel il rassemblait de toutes parts d'immenses matériaux.

La célébration de la fête à l'Être suprême fut le signal du déchaînement de la mauvaise Montagne contre lui. Ceux qui pour se faire une idée de cette haute solennité ne l'ont vue qu'à travers le prisme des quolibets, des plaisanteries indécentes que les corrompus et les immoraux lancèrent contre elle, ne la connaissent point. Jésus aussi, lorsqu'on le traîna au supplice, fut l'objet des railleries et des injures d'une foule ignorante et abrutie: qu'est-ce que cela prouve?

La fête à l'Être suprême fut tout à la fois un premier pas vers un système de réorganisation, et un essai tenté par Robespierre pour juger de ses collègues. Il vit qu'à l'exception d'un petit nombre de démocrates purs, en tête desquels marchait le vertueux Saint-Just, tous étaient contre lui, et contre les principes qu'il voulait faire prévaloir. Alors, il pressentit qu'une bataille parlementaire entre les deux fractions de la Montagne était inévitable; il s'y prépara. Ses ennemis étaient maîtres du gouvernement, il s'en sépara, et passa un mois et demi loin des affaires, méditant en silence son plan d'attaque et rassemblant ses forces.

La fraction de la Montagne qui avait juré la perte de Robespierre n'oublia rien pour s'assurer la victoire. Il lui était d'autant plus facile de préparer une résistance formidable, qu'elle n'était point scrupuleuse sur le choix des moyens ; aussi la vit-on s'allier à l'ancien parti girondin et au débris du parti de Danton, pour combattre l'*ennemi commun*, comme disaient Tallien, Barras, Fréron, Fouché, et les autres chefs du parti qui triompha en thermidor. L'*ennemi commun*, combien ce mot renferme de choses ! Il dit tout. La question avait donc changé. Il ne s'agissait plus du fédéralisme des girondins, du modérantisme des dantonistes, de la terreur *quand même* des montagnards impurs. Non. Tous étaient réunis sous la même bannière, celle de l'égoïsme et de l'immoralité ; tous se tenaient étroitement embrassés pour combattre l'*ennemi commun*. L'ennemi commun, c'était celui qui avait l'infamie, la scélératesse de vouloir proscrire la corruption, et de vouloir la remplacer par la vertu ; l'ennemi commun, c'était ce monstre altéré de sang qui disait : Plus de vengeances, plus d'exécutions, que les cœurs abjurent toute inimitié et s'ouvrent aux douces émotions de la fraternité universelle. Voilà celui que les thermidoriens appelaient l'*ennemi commun.*

La bataille se livra enfin ; elle dura deux jours. Le premier jour, 8 thermidor, elle fut indécise. Robespierre avait commencé l'attaque par un discours fort beau ; ce discours n'avait qu'un défaut, mais un défaut capital, qui peut-être fut cause de la défaite du lendemain ; c'est qu'il n'allait pas assez clairement au fait, c'est qu'il ne désignait pas assez explicitement ceux qu'il dénonçait comme ennemis de la chose publique. La question était tellement délicate, et il était tant d'hommes qui pouvaient intérieurement se croire coupables d'immoralité, que, ne voulant signaler que les chefs de file du parti des immoraux, Robespierre aurait dû les nommer, et ne point laisser planer sur la presque totalité des membres de la Convention l'accusation qu'il ne voulait réellement diriger que contre huit ou dix coupables. Il en résulta que les rangs thermidoriens s'augmentèrent de tous ceux qui se crurent accusés par Robespierre, et qu'ils présentèrent une majorité compacte dans la séance du 9 thermidor.

On sait quelle fut l'issue de cette séance. Le 9 vit la chute de Robespierre, et le 10 son supplice.

A la mort de Jésus, disent les Ecritures, la terre trembla, le ciel s'obscurcit, les morts sortirent de leurs tombeaux. Tout cela est fort pathétique, bien que ce ne soit pas croyable. Mais à la mort de Robespierre, on vit un phénomène bien autrement désastreux, et qui ne fut que trop réel. La révolution s'arrêta et rebroussa chemin. Cinq années d'efforts, de travaux, de victoires, de luttes avec la parole, l'épée et la plume, tout cela fut anéanti. Les destinées du monde restèrent en suspens; la liberté en pleurs remonta au ciel, et la France fut condamnée à subir une réaction qui dure depuis quarante ans. Le grand attentat de thermidor n'est-il pas suffisamment jugé par ses résultats?

Les deux Robespierres ont cessé d'être, mais la tombe n'a pas, en se refermant sur eux, englouti tout ce qui était né de leur sang. Leur sœur survit à l'horrible catastrophe de thermidor: Charlotte Robespierre est condamnée encore à vivre près d'un demi-siècle, si c'est vivre que de se repaître chaque jour de souvenirs déchirans et d'intarissables pleurs.

Charlotte Robespierre avait reçu de la nature les plus douces et les plus aimables vertus. Sans fiel, sans passions violentes et haineuses, elle était d'une humeur toujours égale, d'un caractère toujours affable. Son cœur aimant et sensible ne pouvait comprendre qu'il y eût des gens qui se fissent un plaisir du malheur d'autrui; et pourtant, personne n'en avait fait une plus cruelle expérience qu'elle-même. Les turbulentes agitations de la politique l'eussent fait fuir aux extrémités de la terre, si l'ardente tendresse qui l'unissait à ses frères ne l'eût retenue dans sa patrie. Passionnée pour la vie privée, elle ne put jamais se résoudre à en sortir, et se garda toujours bien d'imiter ces femmes qui, oubliant le rôle qui convient à leur sexe, se lancent follement et ridiculement dans une carrière qui n'est point faite pour elles. Aussi ne joua-t-elle aucun rôle dans les évènements extraordinaires qui signalèrent l'époque où son frère aîné fut au pouvoir. Une madame Roland, ou telle autre femme-homme d'État, vous écrira des in-folios sur ce qu'elle a vu, sur ce qu'elle a fait; mais Charlotte Robespierre ne s'occupe de politique qu'autant qu'il lui est nécessaire pour suivre des yeux ses frères dans l'arène où ils luttent corps à corps avec le crime.

Arrêtée, après le 9 thermidor, elle fut rendue à la liberté au bout de quinze jours, comme on le verra dans ses Mémoires. Elle chercha un refuge chez plusieurs de ses amies qui la repoussèrent, en prenant pour excuse l'effrayante proscription qui pesait sur tout ce qui touchait à

Robespierre. Enfin, elle frappa à la porte du citoyen Mathon. Cette porte-là s'ouvrit; elle fut reçue avec tous les égards qui étaient dus à tant d'infortunes. Le citoyen Mathon avait été l'ami des deux Robespierre; il fut heureux de pouvoir recueillir leur sœur; dès-lors elle fut l'objet de toutes ses sollicitudes.

Mademoiselle Mathon, qui aima Charlotte Robespierre comme sa mère, et qui jusqu'au dernier soupir de cette femme infortunée ne cessa de de lui prodiguer les soins les plus tendres et les plus empressés, n'avait que six ans lorsqu'elle se réfugia chez son père. Élevée sous les yeux de Charlotte Robespierre, mademoiselle Mathon se fit une douce habitude de la voir, de l'entendre, de l'aimer, et lui voua bientôt toute son existence. Après la mort de son père, qui succomba en 1827, elle continua à vivre avec elle. Il faut les avoir vues toutes les deux dans leur intérieur pour savoir à quel point elles s'aimaient.

Que dirai-je sur la vie de Charlotte Robespierre? rien. Cette vie tranquille et obscure s'écoula comme un fleuve silencieux et ignoré qui traverse de profondes solitudes, et va mêler ses eaux à celles de l Océan sans avoir baigné aucune rive habitée. Qu'on se représente une fleur au milieu des déserts, qui s'épanouit, exhale de doux parfums, se fane et meurt : telle fut Charlotte Robespierre. Elle habitait Paris ; mais Paris pour elle n'était qu'une solitude ; Paris ne lui offrait qu'un *désert d'hommes*, selon la magnifique expression d'un grand écrivain.

On lira dans ses Mémoires comment elle obtint une pension du premier consul Bonaparte. Cette pension fut diminuée à l'arrivée des Bourbons. Charlotte Robespierre s'attendait à la perdre, et son étonnement fut grand quand elle apprit que Louis XVIII la lui conservait, réduite à 2,100 fr. il est vrai (1). On se demandera dans quelle intention le frère de Louis XVI a pu faire une pension à la sœur de Maximilien Robespierre ; et cette question est toute naturelle ; je me la suis adressée à moi-même tout le premier. Après y avoir bien pensé, je n'ai pu voir dans la pension qui fut continuée par Louis XVIII qu'un moyen de fermer la bouche à Charlotte Robespierre. Les Bourbons devaient craindre qu'elle n'écrivît des Mémoires sur son frère, qu'elle n'essayât de le réhabiliter dans l'opinion publique, et qu'elle ne montrât l'absurdité des calomnies qui étaient dirigées contre lui. Cette crainte seule a pu suffire

(1) En 1823, la pension de Charlotte Robespierre subit encore une réduction ; elle ne fut plus que de 1,200 fr. Sous le gouvernement actuel, elle lui fut conservée à ce chiffre.

pour qu'on lui conservât, en la diminuant, une pension que Bonaparte ne lui avait accordée qu'en considération de ses frères, dont l'un avait été son ami, et qu'il admirait tous les deux.

Dira-t-on que Charlotte Robespierre devait rejeter la pension, et entreprendre la réhabilitation de son frère? mais que l'on songe à son grand âge, à ses infirmités, et surtout au dénuement complet où elle se trouvait. Rejeter la pension, qui depuis quinze ans la soutenait, c'était se condamner à périr de faim et de misère; car enfin ses frères ne lui avaient rien laissé. Ce Maximilien Robespierre, qui disposa de sommes si considérables comme membre du gouvernement, il mourut pauvre, et n'avait que 50 francs chez lui quand on le traîna à l'échafaud. On peut juger de ses richesses et de celles de sa sœur par le mobilier que cette dernière laissa en mourant. (1)

Charlotte Robespierre avait l'esprit cultivé. Elle avait beaucoup lu et beaucoup réfléchi. J'ai trouvé dans ses papiers, qui me furent remis après sa mort, comme elle l'avait désiré, un choix de pensées et de maximes, extraites par elle de différents livres, qui montre qu'elle lisait

(1) *Voir* Pièces justificatives, n° 1

avec fruit, et que les traits profonds ou spirituels faisaient impression sur elle. Je publie à la fin de ces Mémoires quelques unes des pensées et maximes recueillies par Charlotte Robespierre. (1)

Accoutumée à n'entendre prononcer que des blasphèmes sur ses frères, à ne lire que des diatribes furibondes contre eux, que l'on juge de la joie qu'elle dut ressentir lorsque mes écrits lui tombèrent entre les mains! Pour la première fois peut-être, elle entendait parler de Robespierre en termes équitables et impartiaux. Elle voulut me connaître, je la vis, et depuis lors, malgré l'extrême différence d'âge qui nous séparait, une étroite amitié s'établit entre nous. Je me rappellerai toujours la vive émotion que j'éprouvai en la voyant pour la première fois; de son côté, elle n'était pas moins émue, et, ne pouvant me parler d'abord, elle me serra les mains avec une expression que je n'oublierai jamais. J'eus avec elle de longues et fréquentes conversations. Mon emprisonnement rendit nos entrevues plus rares, je dis plus rares car il ne les interrompit pas tout-à-fait; Charlotte Robespierre venait me visiter dans la maison de santé où je fus transféré par ordre du ministre de l'in-

(1) *Voir* Pièces justificatives, n° 2.

térieur, pour y recevoir les soins que nécessite impérieusement la maladie chronique du cœur dont je suis attaqué.

Pour donner une idée du dégré d'intimité qui existait entre Charlotte Robespierre et moi, je publie à la fin de ses Mémoires la copie d'une lettre qui me fut adressée par elle l'hiver dernier, en réponse à une lettre de moi dont je dois taire le contenu. (1)

Depuis la tragique journée du 9 thermidor, la santé de Charlotte Robespierre avait presque constamment donné des craintes au petit nombre d'amis qui lui étaient restés fidèles. Accablée de maux et d'infirmités, elle ne tenait à la vie que par un fil ; et sans les soins de mademoiselle Mathon, je ne fais aucun doute que depuis longtemps elle aurait cessé de compter au nombre des vivans. Lorsque je la connus, elle était bien souffrante et bien cassée; je m'aperçus avec une vive douleur que ses traits s'altéraient de jour en jour d'une manière effrayante, et que le moment approchait où il ne me resterait plus d'elle qu'un souvenir.

Elle fut dans ses derniers jours ce qu'elle avait toujours été. Les maux aigus dont elle était sans

(1) *Voir* Pièces justificatives, n° 3.

cesse obsédée n'avaient altéré en rien la sérénité de son âme, l'extrême douceur de son caractère.

Elle avait écrit sur ses frères les notes et fragments que l'on va lire, et avait déposé dans ce travail tous les sentimens d'amour, de respect et de vénération qu'elle portait à leur mémoire. Elle voulut dans son testament rendre un dernier hommage à la vertu de Maximilien, qui avait été le plus calomnié des deux. (1)

Retenue au lit par l'excès de ses souffrances, je ne la vis plus! Oh! combien alors ma captivité me devint insupportable, puisqu'elle me privait du triste et amer bonheur de recueillir son dernier soupir. Ma sœur lui rendait visite presque tous les jours; elle lui portait l'expression de ma tendre et respectueuse amitié, et me rapportait celle de son affection maternelle: « vous embrasserez mille fois pour moi mon cher enfant, » disait-elle à ma sœur toutes les fois qu'elle prenait congé d'elle.

Le mal avait fait des progrès tels, qu'il ne resta plus aucun espoir. Le 1er août, jour de sa mort, elle fit ses dernières dispositions avec une présence d'esprit et un calme étonnans. Un prêtre se présenta; elle ne voulût point le recevoir, disant qu'elle avait toute sa vie pratiqué la vertu,

(1) *Voir* Pièces justificatives, n° 4.

et qu'elle mourait avec une conscience pure et tranquille. Plusieurs fois dans la journée elle m'appela, et répéta ces mots qui me déchirent l'âme ; « Je ne le verrai donc plus avant de mourir ! » Elle n'avait plus que quelques instans à vivre lorsque, soulevant sa tête défaillante, et fixant ses yeux éteints sur mon portrait, elle lui adressa un dernier adieu..... Elle expira à quatre heures de l'après-midi, dans les bras de mademoiselle Mathon. Elle était âgée de soixante-quatorze ans.

Ses obsèques eurent lieu le 3 août. Une affluence considérable de patriotes suivait le convoi. Mademoiselle Mathon avait manifesté le désir que je fisse un discours pour être prononcé sur la tombe de Charlotte Robespierre, Malgré le désordre d'idées où m'avait plongé une perte si douloureuse, j'écrivis à la hâte quelques pages qui furent lues par un des assistans (1). Un ordre, un recueillement parfait régna aux funérailles de Charlotte Robespierre. La tristesse la plus profonde était peinte sur tous les visages ; il semblait que chacun eût perdu une mère ou une sœur. Mais lorsque ses restes eurent été déposés dans la terre, et que, sur le bord de cette tombe béante, une voix parla de ses vertus et des longs malheurs

(1) *Voir* Pièces justificatives, n° 5.

qu'elle avait éprouvés, alors d'abondantes larmes coulèrent et des sanglots déchirans se firent entendre.

LAPONNERAYE.

MÉMOIRES

DE

CHARLOTTE ROBESPIERRE

SUR SES DEUX FRÈRES.

J'avais pensé que le temps qui détruit tout, aurait anéanti la calomnie qui a dénaturé le caractère de mon bon et malheureux frère, Maximilien. Il y a trente-trois ans (1) que mes deux frères ont été assassinés ; une génération a passé, et l'erreur, bien loin de faire place à la vérité, n'a fait que grandir et se propager en tous lieux.

(1) Cette partie des Memoires de Charlotte Robespierre fut écrite en 1827. L.

J'aurais bien voulu détruire une aussi funeste prévention ; mais des personnes qui prenaient intérêt à ma position me conseillèrent de ne rien dire, parce qu'on ne manquerait pas de récuser mon témoignage et de m'accuser de partialité. Je suivis leurs conseils, et je crois que jai eu tort. Je ne savais pas qu'on m'attribuait des lettres contre mon frère aîné, afin de donner plus de force aux accusations portées contre lui.

J'ignore si mon jeune frère a été calomnié comme Maximilien ; je n'en ai rien entendu dire ; mais je sais qu'il a été assassiné comme lui pour avoir dit : « Je partage les vertus de mon frère. » Cette profession de foi a été son arrêt de mort.... Quelle était donc la morale de ces hommes qui vouaient à la mort les plus ardents démocrates ?

Ils ne se sont pas contentés de ce crime, ils ont encore poursuivi leurs victimes au-dela du tombeau. Après avoir immolé l'homme de bien l'incorruptible Maximilien, ses bourreaux ont mis tant d'audace dans leurs attaques contre contre lui, qu'ils ont fait passer mon pauvre frère pour un scélérat, non seulement dans sa patrie, mais encore chez les autres nations. Ils ont distillé leur fiel partout, dans les libelles, dans les journaux, dans les biographies, et jusque dans les romans. Ils ont tant fait, qu'ils ont égaré l'opinion de la multitude et même celle des penseurs, qui, s'ils avaient voulu se donner la peine de démêler la vérité à travers les absurdes et odieux mensonges dont était chargée la mémoire de mes frères, auraient infailliblement été désabusés sur leur compte.

Les méchans se donnent plus de peine pour répandre et propager le mensonge, que les bons n'en prennent pour connaître la vérité.

Cependant je ne puis croire que, parmi tant d'hommes, toujours prêts à accueillir l'erreur, il ne s'en sera pas trouvé quelques uns moins prompts à juger que les autres, qui auront réfléchi sur l'absurdité des accusations qui planent sur mes frères; accusations dénuées de preuves, et qui ne reposent que sur la méchanceté de leurs ennemis.

La vérité déplaît aux uns, est indifférente aux autres; voila pourquoi elle reste cachée pendant des siècles. Honneur aux âmes exemptes de préjugés, qui se dévouent pour la faire triompher.

S'il existe des hommes qui aient intérêt à noircir mes frères, à dénaturer leurs intentions, la postérité du moins, qui *seule a le droit de fixer le caractère des personnes illustres*, vengera leur innocence, et rétablira les faits sous leur véritable point de vue. Que ceux qui s'obstinent à rester dans l'erreur et à croire contre toute vraisemblance que mes frères méritent la réprobation qui pèse encore sur eux dans beaucoup d'esprits, fassent au moins réflexion que deux hommes qui avaient pratiqué la vertu toute leur vie ne pouvaient devenir tout-à-coup méchans. Un grand poète a eu raison de dire :

Quelques crimes toujours précèdent les grands crimes ;
Quiconque a pu franchir les bornes légitimes
Peut violer enfin les droits les plus sacrés :
Ainsi que la vertu le crime a ses degrés ;
Et jamais on n'a vu la timide innocence
Passer subitement à l'extrême licence.

O mon frère Maximilien ! que ne puis-je, en rendant hommage à ta mémoire, faire passer la conviction dans toutes les âmes honnêtes et vertueuses comme était la tienne! Depuis l'instant de ta naissance tu n'as pas cessé de pratiquer la justice, de te signaler par des actions louables et méritantes. Tous ceux qui t'ont connu le savent, ils peuvent l'attester, mais aucun n'a osé le dire jusqu'à présent, tant était grande la terreur que tes ennemis ont su leur inspirer. Ah ! s'il reste dans l'âme de tes calomniateurs quelque sentiment humain, ils doivent être déchirés par les remords !

O mes frères ! mes chers et malheureux frères !

combien vous avez eu à souffrir de voir tant de perfidie chez les hommes ! Combien vous souffririez encore si vous pouviez savoir que les impostures de vos ennemis ont eu tout le succès qu'ils en espéraient. Mais vous n'avez pu le penser : vos consciences vous faisaient croire que rien ne pourrait ternir l'éclat de votre réputation. Heureuse sécurité ! que les méchans ne connaissent pas ; c'est le seul bien qu'ils n'ont pu vous ravir, c'est aussi la seule consolation d'une sœur qui vous révère et vous pleure.

CHAPITRE PREMIER.

Enfance de Maximilien Robespierre. — Mort de sa mère et de son père. — Il commence ses études au collége d'Arras. — Ses amusemens. — Anecdocte du pigeon. — Il part pour le collége Louis-le-Grand, à Paris. — Ses billantes études. — Il est chéri de ses maîtres et de ses condisciples. — Il est le défenseur de l'opprimé. — Il fait son droit. — Il est reçu avocat au parlement de Paris. — Motifs qui le déterminent à embrasser cette profession.

Maximililien était l'aîné de quatre enfans ; il avait un frère et deux sœurs. Notre père était avocat au conseil d'Artois ; il habitait Arras, où il s'était acquis une grande considération par sa probité et ses vertus ; il était honoré et chéri de toute la ville. Nous eûmes le malheur de perdre notre mère, dans l'âge où nous avions le plus besoin de ses soins empressés et de sa tendre sollicitude; Maximilien n'avait que sept ans; j'étais moins âgée que lui de vingt mois; notre jeune frère venait d'atteindre sa deuxième année; je crois me rappeler qu'il était encore en nourrice. Quand à notre jeune sœur, elle pouvait avoir trois ou quatre ans.

Toute jeune que j'étais, je me rappelle encore ma mère, et ce souvenir, après plus de soixante ans, humecte mes yeux de délicieuses larmes. Oh! qui n'aurait pas gardé dans sa mémoire le souvenir de cette excellente mère! elle nous aimait tant! Maximilien non plus ne pouvait se la rappeler sans émotion: toutes les fois que dans nos entretiens intimes nous parlions d'elle, j'entendais sa voix s'altérer, et je voyais ses yeux se mouiller. Elle n'était pas moins bonne épouse que bonne mère. Sa mort fut un coup de foudre qui frappa au cœur notre pauvre père. Il fut inconsolable. Rien ne pouvait faire diversion à sa douleur; il ne plaidait plus, il ne s'occupait plus d'affaires, il était tout entier au chagrin qui le consumait. On lui conseilla de voyager pendant quelque temps pour se distraire; il suivit ce conseil et partit: mais, hélas! nous ne le revîmes plus; l'impitoyable mort nous l'enleva comme elle nous avait déjà ravi notre mère. Je ne sais dans quel pays il mourut. Il aura sans doute succombé à une douleur devenue insupportable.

Nous étions donc orphelins de père et de mère. On ne peut se faire une idée de l'impression que produisit sur Maximilien la mort de nos parens. Un changement total s'opéra en lui. Auparavant il etait, comme tous les enfans de son âge, étourdi turbulent, léger ; mais dès qu'il se vit pour ainsi dire chef de la famille en sa qualité d'aîné, il devint posé, raisonnable, laborieux, il nous parlait avec une sorte de gravité qui nous imposait ; s'il se mêlait à nos jeux, c'etait pour les diriger. Il nous aimait tendrement, et il n'était pas de soins et de caresses qu'il ne nous prodiguât.

Restés seuls et sans soutiens sur la terre, nous avions besoin qu'on vint à notre secours. Les deux sœurs de mon père nous prirent chez elles, ma sœur et moi ; nos aïeux maternels se chargèrent du soin d'élever Maximilien et notre jeune frère Augustin. Le premier fut mis au collége d'Arras et fit en un peu de temps des progrès rapides qui étonnèrent ses maîtres. Son goût pour l'étude et pour les choses sérieuses le rendait très appliqué à ses devoirs. Il montra de bonne heure un caractère doux et juste qui le faisait chérir de tout le monde. Il partageait rarement les jeux et les plaisirs de ses camarades ; il aimait à être seul pour méditer à son aise, et passait des heures entières à réfléchir. On lui avait donné des pigeons et des moineaux dont il avait le plus grand soin, et auprès desquels il venait souvent passer les momens qui n'étaient pas consacrés à l'étude.

J'ai lu dans d'ignobles biographies où mon frère Maximillien était peint sous les couleurs les plus noires, que les jeux favoris de son enfance consistaient à faire souffrir des animaux, et qu'il s'amusait à couper des têtes d'oiseaux pour s'accoutumer à couper un jour des têtes d'hommes. Il faut professer un bien grand mépris pour le public, et le croire totalement dénué de bon sens, pour lui débiter des contes aussi absurdes. Quoi ! mon frère, pendant qu'il faisait ses études, c'est-à-dire quinze ou vingt ans avant que Guillotin n'eut inventé l'instrument de supplice qui porte son nom, aurait, selon les biographies dont je viens de parler, construit une petite guillotine avec laquelle il se serait amusé à décapiter les oiseaux ! En vérité, c'est faire injure aux lecteurs de ces Mémoires que d'entreprendre la réfutation de pareilles sottises. Je laisse à leur indignation à flétrir ces imputations abominables.

On nous envoyait chercher, ma sœur et moi, tous les dimanches, pour nous réunir à nos deux frères. C'étaient des jours de bonheur et de joie pour nous. Mon frère Maximilien, qui faisait une collection d'images et de gravures, nous étalait ses richesses et était heureux du plaisir que nous éprouvions à les contempler. Il nous faisait aussi les honneurs de sa volière, et nous mettait entre les mains, les uns après les autres, ses moineaux et ses pigeons. Nous désirions vivement qu'il nous donnât un de ses oiseaux favoris ; nous le sollicitions avec prière ; il s'y refusa long-temps, dans la crainte que nous n'en eussions pas tout le soin possible. Un jour pourtant, il céda à nos instances, et nous donna un beau pigeon. Ma sœur et moi nous fûmes dans l'enchantement. Il nous fit promettre de ne jamais lui laisser manquer de rien ; nous le jurâmes mille fois, et tînmes parole pendant quelques jours, ou plutôt nous aurions toujours gardé notre serment, si le malheureux pigeon, oublié par nous dans le jardin, n'avait péri pendant une nuit d'orage. A la nouvelle de cette mort, les larmes de Maximilien coulèrent, il nous accabla de reproches que nous n'avions que trop merités, et jura de ne plus nous confier aucun de ses chers pigeons.

Voila soixante ans que par une étourderie d'enfant j'ai été la cause du chagrin et des larmes de mon frère aîné : eh bien! mon cœur en saigne encore ; il me semble que je n'ai pas vieilli d'un jour depuis que la fin tragique du pauvre pigeon a été si sensible à Maximilien, tant j'en suis encore affectée moi-même.

Trois années s'écoulèrent ainsi. Je pourrais rapporter une foule de traits de l'enfance de Maximilien Robespierre ; mais des faits qui sont très intéressans pour moi, et que je ne puis me rappeler sans attendrissement, le seraient peut-être moins pour le public, qui probablement lira un jour ces Mémoires. Si je n'ai pas voulu passer sous silence cette anecdote, c'est qu'elle montrera à ceux qui pourraient révoquer en doute le bon naturel de mon frère aîné, que jamais cœur ne fut plus compatissant que le sien.

Les progrès de Maximilien, son goût pour l'étude, ses heureuses dispositions, intéressèrent en sa faveur l'abbé de saint-Waast, qui connaissait nos tantes, et qui était à même d'apprécier mon frère. Cet ecclésiastique diposait de plusieurs bourses au collége Louis-le-Grand, à Paris ; il en donna une à Maximilien.

Il fallut nous séparer. Bien des larmes coulèrent de part et d'autre. Maximilien, qui, malgré sa sensibilité, avait déjà une certaine fermeté dans le caractère, nous consolait de son mieux tout en pleurant avec nous. L'idée de nous revoir aux prochaines vacances adoucissait un peu l'amertume de notre séparation. Maximilien, avant son départ, nous fit présent, à ma sœur et à moi, de tous les objets qui servaient à ses amusemens; mais il ne voulut point nous donner ses chers pigeons, craignant qu'ils n'eussent le même sort que celui que nous avions laissé périr dans le jardin. Il les confia à une personne dont il n'avait pas à craindre la même négligence, et à qui il les recommanda vivement.

Maximilien avait onze ans lorsqu'il partit pour Paris. Nos tantes l'adressèrent à un chanoine du chapitre de Notre-Dame, M. de La Roche, qui était notre parent. Maximilien trouva en lui un protecteur, un mentor; M. de La Roche s'attacha à cet enfant, en qui il remarquait des qualités rares. Malheureusement pour mon frère il perdit au bout de deux ans M. de La Roche. J'ai su que cette perte lui avait été très sensible, bien qu'il l'eut supportée avec une résignation d'homme. Il redoubla d'ardeur et d'application dans ses études pour faire diversion à sa douleur. Jai entendu dire qu'il était aimé de ses maîtres et de ses camarades, et qu'il remportait presque toujours les premiers prix. Il resta sept à huit ans au collége Louis-le-Grand; pendant ce long laps de temps, il n'eut aucune brouille avec ses condisciples;

tant son humeur était égale et douce ; il se constituait le protecteur des petits contre les plus âgés, plaidait en leur faveur, et se battait même pour les défendre lorsque son éloquence restait sans succès.

Chaque année, il revenait parmi nous passer les vacances. Nous le revoyions toujours avec des transports de joie. Comme ils s'écoulaient rapidement les jours que nous passions ensemble après des absences d'une année ! Lorsque le moment de retourner au collége était arrivé, il nous semblait que nous ne le possédions que depuis quelques instans. C'est pendant que Maximilien faisait ses études à Paris que nous eûmes le malheur de perdre notre jeune sœur. Il était donc dit que notre enfance serait abreuvée de larmes, et que chacune de nos premières années serait marquée par la mort d'un objet chéri. Cette fatale destinée a influé plus qu'on ne pense sur le caractère de Maximilien ; elle l'a rendu triste et mélancolique.

Une fois ses études classiques terminées, il fit son droit. Avant de quiter le collége Louis-le-Grand, Maximilien se rendit chez l'abbé commendataires de Saint-Waast, et le pria de vouloir bien disposer de sa bourse en faveur de son jeune frère. L'abbécommendataire l'accueillit avec la plus grande bonté, lui parla des brillantes études qu'il avait faites dans les termes les plus flatteurs, et lui dit qu'il saisissait avec empressement l'occasion de lui prouver toute son estime en se rendant à sa demande, ajoutant que ce qui le confirmait dans cette résolution, c'était l'espoir que son frère serait digne de lui.

Je ne sais à quelle occasion mon frère aîné se rencontra avec Jean-Jacques Rousseau; mais ce qu'il y a de certain, c'est qu'il eut une entrevue avec lui. J'ignorerais entièrement cette circonstance de la vie de Maximilien sans une dédicace qu'il adressa aux mânes du philosophe de Genève (1).

Lorsque Maximilien eut fait son droit, il fut reçu avocat au parlement de Paris. Il avait une prédilection toute particulière pour la profession d'avocat; je lui ai souvent entendu dire qu'il n'y avait pas de métier plus sublime au monde quand il était exercé avec désintéressement et humanité. « Défendre les opprimés contre les oppresseurs, disait-il, plaider la cause du faible contre le fort qui l'exploite et l'écrase, c'est le devoir de tout cœur que l'égoïsme et la corruption n'ont pas gangrené. » « Il est si doux de se dévouer pour ses semblables, ajoutait-il, que je ne conçois pas

(1) Voir aux notes et pièces justificatives n 1.

comment il y a tant de malheureux qui restent sans appui, sans défenseurs. Pour moi, la tâche de ma vie sera de secourir ceux qui souffrent, et de poursuivre de ma parole vengeresse ceux qui sans pitié pour l'humanité, se font un plaisir et une joie des souffrances d'autrui. Trop heureux si mes faibles efforts sont couronnés de succès, et si, pour prix de mon dévouement et de mes sacrifices, ma mémoire n'est pas ternie par les calomnies des oppresseurs que j'aurai combattus. »

Infortuné Maximilien! tu n'as dit que trop vrai; les ennemis du peuple t'ont calomnié de toutes les manières, et le succès de leurs impostures a été tel, que ce peuple même pour qui tu t'es dévoué te méconnaît peut-être encore.

CHAPITRE II.

Retour de Maximilien Robespierre dans sa famille — Ses débuts au barreau. — Son désintéressement. — Son genre de vie. — Ses mœurs privées. — Son attachement pour mademoiselle Desorties. — Ses relations avec l'aristocratie d'Arras. — Ses amis et ses ennemis. — La Société des arts et sciences de Metz couronne un discours de Robespierre. — La Société des *Rosatis* et l'académie d'Arras le reçoivent au nombre de leurs membres. — Augustin Robespierre. — Portrait des deux frères. — Maximilien est nommé membre du tribunal criminel d'Arras. — Il est élu député aux États Généraux — Jugement de Mirabeau sur Robespierre.

Le retour de Maximilien dans sa famille, au sein de laquelle il vint se fixer, fut un jour de fête pour tous ; nos amis pleuraient avec nous d'attendrissement. Mon frère était universellement aimé. On connaissait la douceur de son caractère et la pureté de son cœur, et chacun était jaloux de le compter au nombre de ses amis.

Il débuta dans la carrière du barreau avec la plus grande distinction. Ses premiers plaidoyers fixèrent l'attention de tout le monde. Je me suis souvent questionnée sur la cause des grands succès de mon frère aîné comme avocat. Maximilien avait beaucoup de talent, sa parole était facile, sa logique pressante; mais je ne crois pas que ces éminentes qualités aient suffi toutes seules pour fonder sa réputation : je crois que ce qui a contribué surtout à le mettre en évidence, c'est le choix de ses causes; il ne se chargeait que des causes justes, et refusait celles qui ne l'étaient pas; aussi les gagnait il presque toujours. On lui confia plusieurs procès fort importans, dans lesquels il déploya une capacité vraiment supérieure.

Je l'ai toujours vu agir avec beaucoup de désintéressement. Lorsqu'un de ses cliens venait le consulter sur quelque affaire litigieuse, il cherchait moins à le confirmer dans la résolution de plaider qu'à le rapprocher de la partie adverse, et à concilier le différent qui les partageait. Il se chargeait de préférence de la défense du pauvre, et, souvent lui ouvrait sa bourse au lieu d'en exiger des honoraires. Quelquefois les deux parties contraires, dans le même procès, le sollicitaient de prendre en main leur cause ; Maximilien ne balançait pas, il optait pour celui des deux plaideurs, fût-il le plus pauvre, et dût-il n'en recevoir aucun salaire, dont les prétentions lui paraissaient fondées. On voit qu'il ne faisait point de sa profession une spéculation, et qu'il subordonnait tout à la question de justice Volà ce qui faisait dire de lui qu'il était *le soutien des opprimés et le vengeur de l'innocence.*

Je dois entrer dans quelques détails sur le genre de vie que Maximilien avait adopté.

Il travaillait beaucoup, et passait dans son cabinet une grande partie du temps qu'il ne passait pas au palais. Il se levait à six ou sept heures, et travaillait jusqu'à huit. Son perruquier alors venait le coiffer. Il prenait ensuite un léger repas, qui consistait en laitage, et se remettait au travail jusqu'à dix heures, où il s'habillait et se rendait au palais. Après l'audience, il venait dîner ; il mangeait peu et ne buvait que de l'eau rougie ; il ne témoignait aucune préférence pour certains alimens. Bien des fois je lui ai demandé ce qu'il voulait manger à son dîner ; il me répondait qu'il n'en savait rien Il aimait le fruit, et la seule chose dont il ne pouvait se passer, c'était une tasse de café. Après le dîner il sortait pour faire une promenade d une heure ou pour faire une visite. Il rentrait ensuite, il se renfermait de nouveau dans son cabinet jusqu'à sept ou huit heures ; il passait le reste de la soirée, soit avec des amis soit au sein de sa famille.

Mes tantes et moi, nous lui reprochions d'être souvent distrait, préocupé dans nos réunions ; en effet, lorsqu'on jouait aux cartes, ou lorsqu'on ne parlait que de choses insignifiantes, il se retirait dans un coin de l'appartement, s'enfonçait dans un fauteuil, et se livrait à ses réflexions comme s'il avait été seul. Cependant il était naturellement gai ; il savait plaisanter et riait quelques fois jusqu'aux larmes.

Maximilien était d'une humeur égale ; il ne contrariait personne, et voulait tout ce que les autres voulaient. Combien de fois nos tantes m'ont-elles dit : « Votre frère est un ange ; il a toutes les vertus morales, aussi est-il fait pour être la dupe et la victime des méchans. »

Cependant il ne faut pas croire que cette douceur de mœurs, cette mansuétude excluaient chez mon frère aîné une fermeté de caractère à toute épreuve. C'est qu'au contraire il y avait chez lui une puissance de volonté, une énergie indomptable. Sa conduite à la tête du gouvernement pendant près de deux années a prouvé qu'il était trempé de bronze et de granit ; mais chez lui cette énergie, cette inflexibilité s'alliaient à une aménité de manières dont toutes les personnes qui le voyaient dans son intérieur étaient enchantées. Je défie à quiconque a fréquenté Maximilien de dire le contraire, Tous ceux qui ont eu avec lui des rapports intimes, qui l'ont vu dans ces momens où le cœur s'épanche et se montre tel qu'il est, conviendront que si personne n'a manié les rênes du gouvernement d'une main plus vigoureuse, personne aussi n'était plus doux et plus modéré dans la vie privée. Comment expliquer cela ? c'est qu'à côté d une sensibilité exquise, il y avait chez lui des convictions profondes, et que lorsque ces convictions parlaient elles étaient obéies.

L'amabilité de mon frère auprès des femmes lui captivait leur affection, Quelques unes, je crois, éprouvèrent pour lui plus qu'un sentiment ordinaire. Une entre autres, mademoiselle Deshorties, l'aima et en fut aimée. Le père de cette jeune personne avait épousé en secondes noces une de nos tantes ; il avait d'un premier lit deux fils et trois filles. Lorsque mon frère fut élu député aux États-Généraux, il courtisait mademoiselle Deshorties depuis deux ou trois ans. Plusieurs fois il avait été question de mariage, et très probablement Maximilien l'aurait épousée, si le suffrage de ses concitoyens ne l'avait enlevé aux douceurs de la vie privée pour le lancer dans la carrière politique. Mademoiselle Deshorties qui lui avait juré qu'elle n'appartiendrait jamais qu'à lui, ne tint nullement compte de ce serment, et, pendant la session de l'Assemblée constituante, donna sa main à un autre. Mon frère n'apprit ce parjure qu'à son retour à Arras, après la clôture de l'Assemblée ; il en fut très péniblement affecté.

Les succès de Maximilien au barreau le mirent en relation aves beaucoup de personnes appartenant à la classe aristocratique ; il en était fort recherché ; les premières maisons d'Arras étaient heureuses de le recevoir. Si mon frère avait aimé la fortune et les honneurs, il est certain qu'il aurait pu satisfaire sa passion en épousant une des riches héritières d'Arras, mais son désintéressement et son indifférence pour ce qui concernait ses propres affaires éloigna toujours de lui cette idée.

Il eut plusieurs amis qu'il aima beaucoup. De ce nombre étaient M. Leduc, avocat retiré, homme d'un mérite très distingué ; M. Aimé, chanoine de la cathédrale d'Arras, que ses confrères avaient surnommé le *sage* ; M. Devic, aussi chanoine de la même cathédrale, qui avait été professeur au collége Louis-le-Grand pendant que Maximilien y faisait ses études ; ils s'aimaient comme deux frères ; M. Buissart, savant fort estimable ; MM. Langlois, Charamant, Ensart, etc., tous jeunes avocats de beaucoup de talent. Mon frère croyait pouvoir compter au nombre de ses amis MM. de Rusé avocat général, Dubois de Fosseux, qui fut depuis maire d'Arras, etc ; mais il reconnut plus tard que leur amitié n'était pas sincère.

Je viens de citer les noms de ses amis véritables et de ses faux amis ; mais je passerai sous silence les noms de ses ennemis, car il en eut. Qui aurait pu croire qu'un homme aussi doux et d'un commerce aussi aimable aurait des ennemis ? c'est qu'il avait du mérite, et beaucoup de mérite, et il est des hommes qui ne pardonnent pas plus le mérite dans d'autres hommes, que certaines femmes ne pardonnent la beauté dans d'autres femmes. Quand on disait à mon frère qu'il avait des ennemis, il ne voulait pas le croire ; il disait : *Que leur ai-je fait ?* Je sais bien ce qu'il avait fait à quelques uns il n'avait pas voulu se lier avec eux parce qu'ils avaient des mœurs répréhensibles ou une probité équivoque. On se fera une idée de l'injustice des hommes quand on saura que plusieurs des ennemis de mon frère n'avaient d'autres griefs contre lui, que de l'avoir rencontré dans la rue sans qu'il les eût aperçus, et sans par conséquent leur avoir rendu leur salut. Maximilien était fort distrait, ou plutôt il était toujours préoccupé (1); il passait quelquefois auprès de ses intimes amis sans les voir. Voilà ce qui donna lieu à l'accusation de fierté que ses ennemis portèrent contre lui. Lui fier! lui qui ne voyait dans tous les hommes que des frères! lui qui fut l'apôtre le plus ardent de l'égalité! C'est ainsi que l'on s'est toujours étudié à dénaturer son caractère et ses intentions, et qu'on lui a imputé à crime les choses les plus innocentes.

Que l'on juge par le trait suivant combien Maximilien était distrait: nous avions une fois passé la soirée ensemble chez un de nos amis, et nous revenions à notre demeure à une heure assez avancée, lorsque tout à coup, mon frère, ne se rappelant plus qu'il m'accompagnait, double le pas, me laisse en arrière, arrive seul à la maison, et se renferme dans son cabinet. J'arrive quelques minutes après lui. J'avais trouvé sa distraction si

(1) La sœur de Maximilien Robespierre, dans une des conversations que j'eus avec elle, me raconta, pour me montrer à quel point son frère était distrait, qu'un jour il rentra pour dîner avant que le couvert ne fut entièrement mis; le potage déjà servi; il prit un siége se mit à table, et, sans faire attention qu'il n'avait point d'assiette devant lui, prit une cuillerée de potage et la mit sur la nappe. L.

plaisante que, le voyant prendre les devans d'un pas si rapide, je l'avais laissé aller sans lui faire apercevoir que j'étais avec lui. J'entre dans son cabinet, où je le trouve affublé déjà de sa robe de chambre, et travaillant avec beaucoup d'attention. Il me demande d'un air étonné d'où je viens seule si tard, je lui réponds que si je reviens seule c'est qu'il m'a laissée au milieu de la rue pour rentrer précipitamment. Il se rappelle alors cette circonstance, et nous nous mettons à rire l'un et l'autre d'une aventure aussi comique.

La carrière du barreau n'est pas la seule dans laquelle mon frère se distingua; il s'essaya avec succès dans la carrière des lettres. La société des arts et des sciences de Metz mit au concours dans l'année 1784 ou 1785, la question suivante : » Quelle est l'origine de l'opinion qui étend sur » tous les individus d'une même famille une par» tie de la honte attachée aux peines infamantes » que subit un coupable ? Cette opinion est-elle » plus nuisible qu'utile? » Mon frère que l'injustice révoltait, saisit avec empressement cette occasion de flétrir un préjugé trop universellement répandu, et envoya au concours un discours dans lequel il discuta très éloquemment les deux questions proposées, et résolut la seconde d'une manière affirmative.

Le discours de Maximilien fut couronné. Je ne l'ai pas en ce moment sous la main ; mais les argumens dont il flétrissait l'inique préjugé qui attache une honte ineffaçable au front d'une famille toute entière, parce que dans cette famille il s'est trouvé un coupable ; ces argumens me frappent encore par leur force et leur puissance. O mon frère, tu ne prévoyais pas, en écrivant ce discours, qu'un jour ta malheureuse sœur, victime du même préjugé, serait persécutée, et honnie parce qu'elle appartient à ce Robespierre, le plus vertueux des hommes, que la calomnie a défiguré et a fait passer pour un coupable, pour un monstre. Mon frère! lorsque tu interrogeais ton cœur si bon, ta conscience si pure, tu étais loin de te douter qu'un jour l'unique rejeton de ta famille ne saurait où reposer sa tête, parce que les méchans auraient terni ta réputation. Va, ne crois pas, ombre chérie, que jamais les stigmates flétrissans que les calomniateurs ont attachés à notre nom me fassent rougir. Ton nom, je suis fière de le porter ; je suis glorieuse d'être de ton sang, d'appartenir au grand Robespierre, qui fut l'ennemi inflexible de toute injustice, de toute corruption, et qui maintenant serait prôné par les faiseurs d'histoire aux gages de l'aristocratie, s'il avait pactisé avec les oppresseurs du peuple (1). Maximilien concourut encore une fois ; l'Académie d'Amiens avait mis au concours l'*Éloge de Gresset;* mon frère envoya un discours qui n'obtint qu'une mention honorable, la seule qui fut donnée, car le prix ne fut décerné à aucun des concurrens. Lorsque son discours eut été livré à l'impression, il en envoya un exemplaire à chacun de ses amis, qui le remercièrent en prose et en vers. M. de

(1) A propos des Mémoires apocryphes qui furent publiés en 1830, sous le nom de Robespierre, un journal fort obscur et fort digne de l'être, *l'Universel*, eut la lâcheté d'insulter à Charlotte Robespierre, en disant *qu'elle avait trafiqué de ses souvenirs non effacés*, et qu'elle avait ainsi mis les auteurs de ces Mémoires à même de suppléer à ce que d'autres biographes avaient omis. Charlotte Robespierre écrivit à ce sujet une lettre sublime au rédacteur de *l'Universel*, qui ne l'inséra point. C'était couronner une première lâcheté par une lâcheté nouvelle ; ou plutôt c'était reconnaître tacitement qu'on avait menti, car fermer ses colonnes à une réclamation, c'est, de la part d'un journaliste de mauvaise foi, avouer que cette réclamation est sans replique, et qu'elle détruit l'assertion qui l'a provoquée. Charlotte Robespierre me donna, il y a plus de deux ans, une copie de cette lettre, en me priant de ne la rendre publique qu'après sa mort. Je me suis conformé à son désir. C'est cette même lettre qui a été publiée par la *Revue Rétrospective*. On la lira à la fin de ces Mémoires. (*Voir* aux pièces justificatives, n° 2.) L

Fosseux se distingua surtout par des vers fort médiocres, dans lesquels il donna à mon frère des éloges sur ses vertus, lui qui plus tard devait passer dans les rangs de ceux qui niaient ces mêmes vertus. J'ai conservé une copie des vers de M. de Fosseux (1).

Mon frère faisait partie de la société des *Rosatis* composée de savans, de magistrats, de militaires, etc., tous litérateurs, ou amateurs des lettres et des arts. Cette Société avait des réunions à jours fixes, où on lisait des ouvrages de tous les genres, et où des discussions littéraires s'engageaient. C'était une fête quand on admettait un nouveau membre ; le récipiendaire faisait un discours, un des membres lui répondait, et la fête se terminait par un gai repas où régnaient la franchise et la cordialité. Le jour ou mon frère fut reçu dans la Société des *Rosatis*, il improvisa une chanson en trois couplets, qui fut vivement applaudie. J'ai encore une copie de cette chanson, écrite de la main de mon frère (2).

Maximilien fut également reçu membre de l'Académie d'Arras dont la plupart des membres faisaient partie de la Société des *Rosatis*.

(1) Voir aux Pièces justificatives, n° 3.

(2) Cette copie est maintenant entre mes mains. Je la publie à la fin de ces mémoires. (*Voir* aux Pièces justificatives, n° 4.) L.

Je n'ai pas encore parlé de mon frère Augustin; on comprendra facilement pourquoi : Augustin resta au collége Louis-le-Grand aussi long-temps que Maximilien, et ne revint par conséquent à Arras que peu d'années avant la révolution. Augustin au dire de toutes les personnes qui le connurent, avait plus de talens naturels que Maximilien ; la nature s'était montré à son égard plus prodigue de ses dons ; mais il avait moins d'aptitude au travail que mon frère aîné ; l'étude n'avait pas pour lui autant d'attraits. Maximilien et moi, nous lui reprochions souvent ses goûts oisifs ; nous l'exhortions à se créer des occupations ; quelquefois nos mercuriales faisaient rentrer Augustin en lui même ; il se mettait à travailler avec une ardeur trop vive pour qu'elle fût durable ; renfermé dans sa chambre, il passait plusieurs jours au milieu des livres ; mais il ne pouvait supporter long-temps cette contrainte. Je dois le dire, au surplus, malgré les petites dissensions que nous eûmes ensemble par la suite, et dont je parlerai quand il en sera temps, mon frère Augustin était bon et sensible, son cœur était taillé sur le modèle de celui de Maximilien, et sans les propos de quelques femmes que je nommerai, la bonne harmonie n'aurait pas cessé un seul instant de régner entre nous.

Si j'avais à mettre en parallèle mes deux frères, je dirais que chez l'aîné le courage civil était porté à un plus haut point que chez le jeune; mais en revanche, chez Augustin, le courage militaire était incomparablement plus développé que chez Maximilien. Robespierre jeune eût fait un excellent militaire; il ne s'étonnait de rien, il était intrépide; à la tête d'un régiment ou d'une division il eût fait des prodiges; c'était un César. Mon frère aîné, dans son cabinet, la plume à la main ou à la tribune, faisait trembler tous les tyrans de l'Europe; mais là se bornait son rôle, et difficilement il aurait pu se résoudre à endosser le harnais pour les combattre avec le fer, ou à descendre sur la place publique armé d'un fusil. Les thermidoriens eussent-ils obtenu un triomphe si facile, si Maximilien, échangeant sa toge de tribun contre l'épée de général, se fût mis à la tête de ce peuple immense qui le 9 thermidor au soir, se pressait autour de l'Hôtel-de-Ville, et n'attendait qu'un geste de mon frère aîné pour se porter où il aurait voulu? Je sais qu'une puissante considération l'arrêtait; quand on lui disait: Appelons le peuple à l'insurrection; il répondait: au nom de qui? — Au nom de la Convention, s'écriait Saint-Just, la Convention est où nous sommes. Saint-Just avait raison; et si

Robespierre eût envisagé la question sous le même point de vue, eût et surtout senti la nécessité de marcher à la tête du peuple insurgé, la patrie était sauvée.

Augustin était grand, bien fait, et avait une figure pleine de noblesse et de beauté. Sous ce dernier rapport, Maximilien n'avait pas été si bien partagé que lui; il était d'une taille moyenne et d'une complexion délicate. Son visage respirait la douceur et la bonté, mais n'était par aussi régulièrement beau que celui de son frère. Il souriait presque toujours. Un grand nombre de portraits de mon frère aîné ont été publiés. Le plus ressemblant de tous est celui qui l'a été par *Delpech*. Il en est d'autres qui ne sont que d'odieuses charges où l'on s'est appliqué à défigurer ses traits, à leur donner une expression féroce, comme on a cherché à présenter son âme sous un jour affreux. Celui qui est placé en tête des prétendus mémoires de Maximilien Robespierre est de ce nombre. (1)

(1) Quelque temps avant sa mort, Charlotte Robespierre me fit remettre un exemplaire de ce portrait, en marge duquel elle avait écrit ce qu'elle en pensait. Je crois de mon devoir de publier cette appréciation d'un portrait qui passe pour être celui de Robespierre, et qui n'est pas plus sa res-

La considération dont mon frère aîné jouissait à Arras, le fit nommer par l'évêque de cette ville membre du tribunal criminel. Ce prélat avait la nomination de ces sortes de charges. Il exerça les fonctions qui lui étaient confiées avec une équité exemplaire. Mais il lui en coûtait toujours pour condamner. Un assassin ayant un jour comparu devant le tribunal dont Maximilien était membre, il fallut bien prononcer contre lui la peine la plus forte, et c'était la mort. Il n'y avait pas moyen de modifier cette peine affreuse, les charges étaient trop accablantes. Mon frère aîné rentra à la maison le désespoir dans le cœur, et ne prit aucune nourriture pendant deux jours. *Je sais bien qu'il est coupable*, répétait-il toujours, *que c'est un scélérat, mais faire mourir un homme!!...* Cette pensée lui était insuportable; ne voulant plus avoir à combattre entre la voix de sa conscience et le cri de son cœur, il se démit de ses fonctions de juge.

Lorsqu'il fut question d'élire des députés aux États-Généraux, tous les regards se fixèrent sur mon frère aîné, je ne devrais pas dire tous les

semblance que les mémoires que Moreau Rosier a publiés sous son nom, ne sont son ouvrage. (*Voir* aux Pièces justificatives n° 5.) L.

regards, car il y avait des hommes à Arras, et le nombre en était petit, que les plaidoyers et les écrits de Maximilien avaient choqués ; ils disaient que ses expressions étaient *étranges* ; ils ne pouvaient s'accoutumer aux mots *liberté*, *égalité*, *fraternité*, etc. Ces hommes étaient les admirateurs passionnés de l'ancien régime et désapprouvaient avec amertume tout ce qui était innovation. Malgré leur opposition, Maximilien Robespierre fut élu député aux États-Généraux par le tiers-état d'Arras. Certainement il méritait par ses antécédens, ses talens et ses vertus, cette marque de confiance de la part de ses concitoyens. Personne ne comprenait mieux que lui les devoirs que lui imposait son titre de représentant du peuple, et personne n'a rempli les délicates fonctions dont il était chargé avec un dévouement plus illimité, un désintéressement plus rare. Sa voix tonna constamment contre l'arbitraire et les abus ; on voulut le séduire, on n'y parvînt pas ; plusieurs moyens furent employés et tous restèrent sans succès. Enfin, on lui apporta un jour une somme considérable en le priant de la distribuer aux malheureux ; il s'aperçut du piége qu'on lui tendait, refusa la somme, et invita la personne qui la lui offrait à faire ses générosités elle-même. Le caractere bien connu de mon frère aîné l'avait fait nommer l *incorruptible* par ses collègues de l'assemblée constituante. Quand Mirabeau voyait toutes les tentatives que l'on faisait pour acheter mon frère comme on l'avait acheté lui-même, il disait : « On n'y réussira » pas ; c'est perdre son temps que de vouloir cor» rompre Robespierre ; cet homme n'a pas de » besoins, il est sobre et a les mœurs trop simples. » Quel éloge !

CHAPITRE III.

Idée générale de ces mémoires. — Robespierre à Paris. — Il loge rue Saintonge, avec un ami. — Il se lie d'amitié avec Pétion. — Entrevue de Robespierre et de Pétion. — Leur entretien sur les événemens des 2 et 3 septembre. — Relations de Robespierre avec M. et madame Roland. — Il fait connaissance avec les Duplay, et se met en pension chez eux. — Griefs de Charlotte Robespierre contre madame Duplay. — Retour de Maximilien à Arras. — Magnifique réception. — Il revient à Paris. — Il est élu membre de la Commune insurrectionnelle du 10 août, et plus tard membre de la convention nationale, ainsi que son jeune frère. — Réfutation d'une note de madame de Genlis.

Ceux qui liront l'histoire avec attention et sans partialité verront que jamais mon frère Maximilien n'a dévié un seul instant de ses principes; tel il se montra à son début dans la carrière politique, tel il s'est montré jusqu'à son dernier soupir. Lorsque tout le monde changeait autour de lui,

lui seul restait inébranlable dans ses convictions. Le *Moniteur* en fait foi, tous ses discours y sont.

Je ne l'ai point vu pendant toute la durée de l'Assemblée constituante. J'étais restée à Arras où notre jeune frère exerçait, comme son aîné, la profession d'avocat. Nous nous écrivions souvent, et il me donnait dans ses lettres les témoignages de la plus vive amitié. « Vous êtes ce que j'aime le plus après la patrie, me disait-il.»

Bien que mon éloignement de lui m'empêchât de connaître les détails de sa vie privée, rien d'important ne lui arriva que je ne l'aie su. Ou plutôt sa vie privée était si régulière, si simple, ses habitudes étaient si uniformes, que, du moment où il se jeta dans la politique, ce qui ne fut pas dans ses actions du domaine de l'histoire, fut d'une médiocre importance. J'aurai donc fort peu de choses à en dire.

Maximilien Robespierre sort de la ligne commune des hommes célèbres. Si l'on veut écrire des mémoires sur un Mirabeau, sur un Barras, etc., on a des milliers d'intrigues à rapporter, on n'en finit jamais, on entasse volumes sur volumes, c'est un dédale inextricable; chaque évènement marche accompagné de détails sans nombre. Mais dans la vie d'un homme comme Robespierre tout s'explique, tout se déroule simplement et sans efforts. Sa vie privée n'est qu'un reflet de sa vie publique. Point d'intrigues, aucune complication de détails. Il est dans son intérieur comme il est sur les bancs de la Constituante et de la Convention ; c'est une scène qui n'a ni rideau, ni coulisses, et où les acteurs s'habillent et se déshabillent en présence des spectateurs.

Ceux donc qui s'attendent à des révélations de ma part sur les actes de mon frère Maximilien seront bien trompés dans leur attente. Que pourrais-je leur dire? Il pensait tout haut à la tribune des deux assemblées dont il fut successivement membre ; et ce qu'il ne disait pas à la tribune de la Constituante ou de la Convention, il le disait à celles des Jacobins ; ce qu'il ne disait pas verbalement, il l'écrivait et le publiait. C'est ainsi qu'il a fait paraître en 1792 un journal intitulé: *le Défenseur de la Constitution*, où il a déposé le fruit de ses longues médiations.

Lorsque l'Assemblée constituante eut été transférée de Versailles à Paris, après les évènemens des 5 et 6 octobre, Maximilien prit, de moitié avec un jeune homme de ses amis qu'il aimait beaucoup, un appartement fort modeste rue Saintonge, au Marais. Ce jeune homme avait des occupations qui l'obligeaient à sortir de grand matin, et qui le retenaient dehors fort tard, en sorte que mon frere et lui étaient quelquefois plusieurs jours sans se voir. Leur menage était celui de deux garçons qui ne sont presque jamais chez eux, et qui mangent chez le restaurateur. Maximilien assistait assidument aux séances de la Constituante et de la société des Jacobins, que l'on appelait société des amis de la Constitution. Il se donnait le plaisir du spectacle, mais rarement.

Mon frère aîné se lia avec plusieurs de ses collègues de l'Assemblée. Celui avec lequel il fut le plus uni fut Pétion, qui avait alors une popularité égale à la sienne. Ils étaient tous les deux les chefs de l'opposition républicaine qui s'était formée dans la Constituante, et combattaient pour la cause du peuple, comme deux émules généreux qui cherchent à se surpasser en nobles sentimens. L'opinion publique qui les associait l'un à l'autre dans son estime, les appela aux deux premières magistratures de Paris; Pétion fut élu maire, et Maximilien, accusateur public. Dans la suite, l'amitié de Pétion pour mon frère se réfroidit singulièrement. Cette haute charge de maire de Paris, ces honneurs qui l'environnaient et qui développèrent peut-être chez lui le germe d'une ambition qui s'ignorait d'abord, lui tournèrent la tête et lui firent abandonner la ligne de conduite qu'il avait suivie depuis le commencement de la révolution. Les rapports que ses fonctions de maire le mirent à même d'avoir avec la cour, le gâtèrent au point qu'il méconnut ses anciens amis.

Quelques jours après les évènemens des 2 et 3 septembre, Petion vint voir mon frère. Maximilien avait désavoué le massacre des prisons, et aurait voulu que chaque prisonnier fût renvoyé devant des juges élus par le peuple. Pétion et Robespierre s'entretinrent des derniers évènemens. J'étais présente à leur entrevue, et j'entendis mon frère reprocher à Pétion de n'avoir pas interposé son autorité pour arrêter les déplorables excès du 2 et 3. Pétion parut piqué de ce reproche. et répondit assez sèchement : *Tout ce que je puis vous dire, c'est qu'aucune puissance humaine ne pouvait les empêcher*. Il se leva quelques momens après, sortit, et ne revint plus. Toute espèce de relations cessèrent, à partir de ce jour, entre lui et mon frère. Ils ne se revirent plus qu'à la Convention, où Pétion siégeait avec les Girondins, et mon frère sur la Montagne.

Maximilien comptait au nombre des connaissances qu'il fit pendant la Constituante, M. et madame Roland. Cette dernière, avant l'entrée de son mari au ministère, jouait le patriotisme, et passait même pour une ardente républicaine. Elle recevait chez elle les hommes les plus avancés de l'époque, et discourait avec eux sur toutes les questions qui étaient à l'ordre du jour. Mon frère se rendait quelquefois à ses réunions. Elle l'accueillait avec une prévenance toute particulière, à cause de sa popularité, et affectait pour lui une amitié qui se démentit bien un an ou deux après. Elle se retira avec son mari, en l'année 1791, au fond du département de Rhône-et-Loire, où elle avait une propriété. De cette résidence elle écrivit à mon frère une lettre, que je possède encore, où elle lui adressait des éloges sur sa conduite dans le sein du corps-législatif, et où elle faisait étalage des sentimens patriotiques les plus purs. Si l'auteur d'une pareille lettre était sincère, il faudrait la proclamer la plus vertueuse des citoyennes (1).

Je rapporte textuellement cette lettre pour mettre le lecteur à même de juger des principes que madame Roland professait en 1791, elle, qui plus tard, fit cause commune avec les aristocrates, et fut du nombre des ennemis de mon frère. La voici :

« Au clos La Plâtrière, paroisse de Thézée, district de Villefranche,
« département de Rhône-et-Loire, 27 septembre 1791.

(1) Cette lettre inédite de madame Roland m'a été remise avec les papiers de Charlotte Robespierre. L.

» Au sein de cette capitale, foyer de tant de » passion, où votre patriotisme vient de fournir » une carrière aussi pénible qu'honorable, vous » ne recevrez pas, Monsieur, sans quelque intérêt » une lettre datée du fond des déserts, écrite par » une main libre, et que vous fait adresser ce » sentiment d'estime et de plaisir qu'éprouvent » les honnêtes gens à se communiquer.

» Lors même que je n'aurais suivi le cours de « la révolution et la marche du corps-législatif « que dans les papiers publics, j'aurais distingué « le petit nombre d'hommes courageux, toujours » fidèles aux principes, et parmi ces hommes » mêmes celui dont l'énergie n'a cessé d'opposer » la plus grande résistance aux prétentions, aux » manœuvres du despotisme et de l'intrigue: j'au- » rais voué à ces élus l'attachement et la recon- » naissance des amis de l'humanité pour ses géné- « reux défenseurs. Mais ces sentimens acquièrent » une nouvelle force lorsqu'on a vu de près la » profondeur des manœuvres et l'horreur de la » corruption qu'emploie le despotisme pour asser- » vir et dégrader l'espèce, pour conserver ou » augmenter la stupidité des peuples, égarer l'o- » pinion, séduire les faibles, effrayer le vulgaire » et perdre les bons citoyens. L'histoire ne peint » qu'à grands traits l'action et les suites de la

» tyrannie, et cet affreux tableau est plus que
» suffisant pour faire haïr violemment tout pou-
» voir arbitraire; mais je n'imagine rien d'aussi
» hideux, d'aussi révoltant que ses efforts, ses
» ruses et son atrocité déployés en cent façons,
» pour se maintenir dans notre r'volution. Qui-
» conque est né avec une âme et l'a conservée saine,
» ne peut avoir vu Paris dans ses derniers temps,
» sans gémir sur l'aveuglement des nations cor-
» rompues, et l'abîme de maux dont il est si
» difficile de les sortir.

» J'ai fait dans cette ville un cours d'observa-
» tions dont le triste résultat ressemble à celui
» qu'on tire presque toujours de l'étude des
» hommes; c'est que leur plus grand nombre
» est infiniment misérable, et qu'il est rendu tel
» par nos institutions sociales; c'est que l'on doit
» travailler au bien de l'espèce à la manière de la
» Divinité, pour le charme de l'opérer, le plaisir
» d'être soi, de remplir sa destination, et de
» jouir de sa propre estime, mais sans attendre
» ni reconnaissance ni justice de la part des indi-
» vidus; c'est enfin que le peu d'âmes élevées qui
» seraient capables de grandes choses, dispersées
» sur la surface de la terre et commandées par
» les circonstances, ne peuvent presque jamais se
» réunir pour agir de concert.

» J'ai trouvé sur la route, comme à Paris, le » peuple trompé par son ignorance, ou par les » soins de ses ennemis; ne connaissant guère ou » jugeant mal l'état des choses : partout la masse » est bonne; elle a une volonté juste, parce que » son intérêt est celui de tous; mais elle est sé- » duite ou aveugle. Nulle part je n'ai rencontré de » gens avec qui je pusse causer ouvertement et » d'une manière utile de notre situation politi- » tique; je m'en suis tenue à laisser, dans tous les » lieux où j'ai passé, des exemplaires de votre » adresse; ils auront été trouvés après mon départ » et auront fourni un excellent texte aux médita- » tions de quelques personnes.

» La petite ville où j'ai une demeure, et dans » laquelle je me suis arrêtée durant quelques » jours, Villefranche, n'a que des patriotes à la » toise, qui aiment la révolution parce qu'elle a » détruit ce qui était au-dessus d'eux, mais qui » ne connaissent rien à la théorie d'un gouverne- » ment libre, et qui ne se doutent pas de ce sen- » ment sublime et délicieux qui ne nous fait voir » que des frères dans nos semblables, et qui con- » fond la bienveillance universelle avec l'ardent » amour de cette liberté, seule capable d'assurer » le bonheur du genre humain. Aussi, tous ces » hommes-là se hérissent-ils au nom de républi-

» que, et un roi leur paraît une chose fort essen-
« tielle à leur existence.

« J'ai embrassé mes enfans avec transport, j'ai » juré, en versant de douces larmes, d'oublier la » politique pour ne plus étudier et sentir que la » nature, et je me suis hâtée d'arriver à la cam- » pagne.

» Une sécheresse extraordinaire avait ajouté » tout ce qu'il est possible d'imaginer à l'aridité » d'un sol ingrat et pierreux, à l'aspect assez » triste d'un domaine agreste, que l'œil du maître » peut seul vivifier et qui avait été abandonné de- » puis six mois; le moment de la récolte exigeait » ma présence, et augmentait mes sollicitudes; » mais les travaux rustiques portent avec eux la » paix et la gaîté, et je les aurais goûtées sans mé- » lange si je n'avais découvert que les calomnies » inventées à Lyon pour éloigner mon mari de la » législature, avaient pénétré jusque dans ma re- » traite, et que des hommes qui n'ont jamais » eu lieu que de sentir notre dévouement au bien » général et au leur en particulier, attribuaient » notre absence à l'arrestation supposée de M. Ro- » land, comme contre-révolutionnaire; enfin j'ai » entendu chanter derrière moi *Les aristocrates* » *à la lanterne!*

« Je ne redoute pas les suites de ces absurdes

» préventions qui n'ont pu gagner la majorité ; » d'ailleurs, notre seule présence et la reprise de » cette vie simple et bienfaisante à laquelle nous » sommes habitués, fera bientôt disparaître jus- » qu'à leurs moindres traces ; mais comme il est » aisé d'égarer le peuple et de le tourner contre ses » propres défenseurs !

» Quant à Lyon, cette ville est dévouée à l'a- » ristocratie ; ses élections sont détestables ; les » députés ne sont que des ennemis de la liberté, » des agioteurs, des gens nuls ou mal famés ; il n'y » a pas un talent, même médiocre ; son départe- » ment est composé à peu près comme sa députa- » tion à la législature ; quelques patriotes ont » été poussés au district où ils ne sauraient faire » grand bien, ni empêcher beaucoup de mal.

» S'il faut juger du gouvernement représentatif » par le peu d'expérience que nous en avons déjà, » nous ne devons pas nous estimer fort heureux. » La masse du peuple ne se trompe pas long-temps » grossièrement ; mais on achète les électeurs, » puis les administrateurs, et enfin les représen- » tans qui vendent le peuple. Puissions-nous en » appréciant les vices que les préjugés et les am- » bitieux ont fait introduire dans notre constitu- » tion, sentir toujours davantage que tout ce qui » s'écarte de la plus parfaite égalité, de la plus

» grande liberté, tend nécessairement à dégrader
» l'espèce, la corrompt, et l'éloigne du bonheur !

» Vous avez beaucoup fait, Monsieur, pour
» démontrer et répandre ces principes; il est beau,
» il est consolant de pouvoir se rendre ce témoi-
» gnage à un âge où tant d'autres ne savent point
» encore quelle carrière leur est réservée ; il vou
» en reste une grande à parcourir pour que toutes
» les parties répondent au commencement, et vous
» êtes sur un théâtre où votre courage ne man-
» quera pas d'exercice.

» Du fond de ma retraite, j'apprendrai avec
» joie la suite de vos succès; j'appelle ainsi vos
» soins pour le triomphe de la justice, car la pu-
» blication des vérités qui intéressent la félicité
» publique est toujours un succès pour la bonne
» cause.

» Si je n'avais considéré que ce que je pouvais
» vous mander, je me serais abstenue de vous
» écrire ; mais sans avoir rien à vous apprendre,
» j'ai eu foi à l'intérêt avec lequel vous recevriez
» des nouvelles de deux êtres dont l'ame est faite
» pour vous sentir, et qui aiment à vous exprimer
» une estime qu'ils accordent à peu de personnes,
» un attachement qu'ils n'ont voué qu'à ceux qui
» placent au-dessus de tout la gloire d'être juste et
» le bonheur d'être sensible. M. Roland vient de

» me rejoindre, fatigué, attristé de l'inconséquence
» et de la légèretée des Parisiens ; nous allons en-
» semble suivre nos travaux champêtres entre-mê-
» lés de quelques occupations de cabinet, et cher-
» cher dans la pratique des vertus privées un adou-
» cissement aux malheurs publics, s'il nous en est
» réservé d'être témoins de ceux que peuvent faire
» une cour perfide et des scélérats ambitieux.

» Accueillez comme nous vous les offrons, nos
» sentimens et nos vœux.

» ROLAND, née PHLIPON. »

On sera curieux de savoir comment mon frère Maximilien fit connaissance avec la famille Duplay. Le jour où le drapeau rouge fut deployé, et la loi martiale proclamée au Champ-de-Mars par Lafayette et Bailly ; mon frère, qui avait assisté aux fusillades ordonnées par le *héros des deux mondes*, et qui revenait, le cœur brisé de toutes ces scènes d'horreur, suivait la rue St.-Honoré. Une afluence considérable se pressait autour de lui ; il avait été reconnu, et le peuple criait *vive Robespierre!* M. Duplay, menuisier, sortit de sa maison, vint au-devant de mon frère, et l'engagea à entrer chez lui pour se reposer. Maximilien se rendit à son invitation. Au bout d'une heure ou deux il voulut regagner son domicile, mais on le retint à dîner, et même on ne voulut pas le soir le laisser partir, il coucha chez M. Duplay, et y resta plusieurs jours. Madame Duplay et ses filles lui témoignèrent le plus vif intéret, l'entourèrent de mille soins délicats. Il était extrêmement sensible à toutes ces sortes de choses. Mes tantes et moi nous l'avions gâté par une foule de petites attentions dont les femmes seules sont capables. Tout-à-coup transporté du sein de sa famille, où il était l'objet des plus douces sollicitudes, dans son ménage de la rue Saintonge, où il était seul, qu'on juge du changement qu'il avait eu à subir! Les prévenances de la famille Duplay à son égard lui rappelèrent celles que nous avions eues pour lui, et lui firent sentir encore plus vivement le vide et la solitude de l'appartement qu'il occupait au fond du Marais. M. Duplay lui proposa de venir habiter avec lui, et d'être son commensal et son hôte. Maximilien, à qui cette proposition était fort agréable, et qui d'ailleurs ne savait jamais refuser dans la crainte de désobliger, accepta et vint s'installer au sein de la famille Duplay.

Je dois dire la vérité toute entière. Je n'ai eu qu'à me louer des demoiselles Duplay; mais je n'en dirai pas autant de leur mère, elle a eu beaucoup de torts envers moi, elle chercha constamment à me mettre mal avec mon frère aîné et à l'accaparer.

Le caractère de Maximilien se prêtait très bien aux vues de madame Duplay ; il se laissait mener comme elle voulait, et cet homme si énergique à la tête du gouvernement, n'avait de volontés dans son intérieur que celles qui lui étaient suggérées pour ainsi dire.

Lorsque j'arrivai d'Arras, en 1792, je descendis chez la famille Duplay, et je m'aperçus aussitôt de l'ascendant que l'on exerçait sur lui ; ascendant qui n'était fondé ni sur l'esprit, puisque Maximilien en avait certainement plus que madame Duplay, ni sur de grands services rendus, puisque la famille au sein de laquelle mon frère habitait depuis peu de temps n'avait pas été à même de lui en rendre. Mais, je le répète, cet ascendant prenait sa source, d'une part, dans la débonnaireté de mon frère, si je puis m'exprimer ainsi, et de l'autre, dans les caresses incessantes et souvent importunes de madame Duplay.

Je résolus de tirer mon frère de ses mains, et, pour y parvenir, je cherchai à lui faire comprendre que, dans sa position, et occupant un rang aussi élevé dans la politique, il devait avoir un chez lui. Maximilien reconnut la justesse de mes raisons, mais combattit long-temps la proposition que je lui fis de se séparer de la famille Duplay, craignant de l'affliger. A la fin je réussis, non sans peine, à lui faire prendre un appartement rue Saint-Florentin.

Madame Duplay m'en voulut beaucoup ; je crois qu'elle m'en a conservé rancune toute sa vie. Nous vivions donc depuis quelque temps seuls, mon frère et moi, lorsque Maximilien tomba malade. Son indisposition n'avait rien de dangereux. Il avait besoin de beaucoup de soins, et certes, je ne lui en laissai pas manquer ; je ne le quittais pas d'un instant, je viellais constamment auprès de lui. Lorsqu'il fut mieux, madame Duplay vint le voir, elle n'avait pas été instruite de son indisposition, et fit grand bruit de ce qu'on ne l'en avait pas prévenue. Elle se mit à me dire des choses fort désobligeantes ; elle me dit que mon frère n'avait pas tous les soins nécessaires, qu'il serait mieux soigné dans sa famille, que rien ne lui manquerait ; et la voilà qui presse Maximilien de revenir chez elle ; mon frère refuse d'abord faiblement ; elle redouble ses instances, je dirai mieux, ses obsessions. Robespierre, malgré mes représentations, se décide enfin à la suivre. » Il m'aiment tant, me disait-il, ils ont tant » d'égards, tant de bontés pour moi, qu'il y » aurait de l'ingratitude de ma part à les re- » pousser. »

Ce seul fait donne une idée de mon frère Maximilien. Il cède à madame Duplay, il se résout à quitter son chez lui, à se remettre en pension dans une maison étrangère, tandis qu'il a sa maison, son ménage, parce qu'il ne veut pas faire de la peine à une personne pour laquelle il a de l'amitié. Je ne veux point récriminer contre lui; loin de moi la pensée d'adresser des reproches à sa mémoire; mais enfin n'aurait-il pas dû songer que sa préférence pour madame Duplay m'affligeait tout autant pour le moins que son refus aurait pu affliger cette dame? entre madame Duplay et moi devait-il balancer? devait-il me sacrifier a elle? Après les propos désobligeans qu'elle avait tenus, après m'avoir reproché que je laissais mon frère manquer de soins, lui qui savait si bien le contraire, ne devait-il pas faire des réflexions que, me quitter pour se livrer aux soins de madame Duplay, c'était corroborer ce qu'elle avait dit? Et cependant mon frère m'aimait tendrement; son amitié pour moi était mille fois plus vive que celle qu'il pouvait ressentir pour une étrangère; comment donc expliquer cette contradiction? le voici: Maximilien était tout dévouement, il ne s'appartenait pas, sa vie était un sacrifice continuel, il se gênait de grand cœur pour faire plaisir aux autres; il ne balança donc pas, lui, qui me regardait comme une partie de son moi, à me sacrifier, comme il se sacrifiait lui-même, pour ne point affecter une famille qui, par ses caresses et ses bontés sans nombre, lui avait ôté tout moyen de résistance.

J'ai dit plus haut que j'avais eu beaucoup à me plaindre de madame Duplay, et certes si je rapportais tout ce qu'elle m'a fait, je remplirais un gros volume. Lorsque mon frère, dans la crainte de la désobliger, se fut remis en pension chez elle, j'allais le voir très assidûment. On ne peut se faire une idée de la manière disgracieuse, je pourrais employer un autre terme, dont elle me recevait. Je lui aurais pardonné ses malhonnêtetés, ses impertinences, mais ce que je ne lui pardonnerai jamais, c'est un mot, un mot affreux, qu'elle a prononcé sur mon compte. J'envoyais souvent à mon frère, soit des confitures, soit des fruits confits qu'il aimait beaucoup, ou toute autre friandise; madame Duplay laissait toujours éclater sa mauvaise humeur chaque fois qu'elle voyait arriver ma domestique. Un jour que je l'avais chargée de remettre à mon frère quelques pots de confiture, madame Duplay lui dit avec colère : « Remportez cela, je ne veux pas qu'elle empoisonne Robespierre. » Ma domestique revint tout en larmes me dire l'affreux blasphème de madame Duplay. Je restai stupéfaite et sans voix. Le croira-t-on! Au lieu d'aller lui demander une explication, au lieu d'aller me plaindre à mon frère de l'horrible propos qu'elle avait tenu, la crainte de lui faire de la peine, et provoquer une scène qui n'aurait pu que lui être fort désagréable me retint, et je dévorai en silence ma douleur et mon indignation.

Madame Duplay avait trois filles : l'une épousa le conventionnel Lebas ; une autre épousa, je crois, un ex-constituant ; la troisième, Éléonore, qui se faisait appeler Cornélie, et qui était l'aînée, était, à ce qu'on s'est plu à dire sur le point d'épouser mon frère Maximilien lorsque le 9 thermidor arriva. Il y a à l'égard d'Éléonore Duplay deux opinions : l'une, c'est qu'elle était la maîtresse de Robespierre aîné ; l'autre, c'est qu'elle était sa fiancée. Je crois que ces deux opinions sont également fausses ; mais ce qu'il y a de certain, c'est que madame Duplay eût vivement désiré avoir mon frère Maximilien pour gendre, et qu'elle n'oublia ni caresses, ni séductions pour pour lui faire épouser sa fille. Éléonore aussi était très ambitieuse de s'appeler la citoyenne Robespierre, et elle mit en œuvre tout ce ce qui aurait pu attendrir le cœur de Maximilien.

Mais, accablé d'affaires et de travaux comme il l'était, entièrement absorbé par ses fonctions de membre du comité de salut public, mon frère aîné pouvait-il s'occuper d'amour et de mariage?

Y avait-il place dans son cœur pour de pareilles futilités, lorsque son cœur était rempli tout entier de l'amour de la patrie, lorsque tous ses sentimens, toutes ses pensées étaient concentrés dans un seul sentiment, dans une seule pensée, le bonheur du peuple; lorsque, sans cesse en lutte contre les ennemis de la révolution, sans cesse assailli par ses ennemis personnels, sa vie était un perpétuel combat? Non, mon frère aîné n'a pas dû, n'a pas pu s'amuser à faire le Céladon avec Éléonore Duplay, et, je dois ajouter, un pareil rôle n'entrait point dans son caractère.

D'ailleurs, je puis l'attester, il me l'a dit vingt fois, il ne ressentait rien pour Éléonore; les obsessions, les importunités de sa famille étaient plus propres à l'en dégoûter qu'à la lui faire aimer. Les Duplay ont pu dire ce qu'ils ont voulu, mais voilà l'exacte vérité. On peut juger s'il était disposé à s'unir à la fille aînée de madame Duplay, par un mot que je l'ai entendu dire à Augustin: « Tu devrais épouser Éléonore. — Ma foi, non, » répondit mon jeune frère.

Je n'ai eu qu'à me louer de la seconde fille de madame Duplay, celle qui épousa Lebas; elle n'était pas, comme sa mère et sa sœur aînée, déchaînée contre moi, plusieurs fois elle est venue essuyer mes larmes, quand les indignités de madame Duplay me faisaient pleurer. Sa jeune sœur était bonne comme elle. Toutes les deux m'auraient fait oublier les mauvais procédés de leur mère et d'Éléonore, s'il n'y avait pas de ces choses qui se gravent d'une manière indélébile dans le cœur, et qui ne s'effacent plus.

Après la clôture de l'Assemblée constituante, et avant mon départ d'Arras, Maximilien m'écrivit pour m'annoncer sa prochaine arrivée dans sa ville natale. Il m'en avait fixé le jour et m'avait recommandé de le tenir secret. Nous résolûmes d'aller à sa rencontre mon jeune frère et moi. Une dame de mes amies, madame Buissart, fut de la partie. Nous louâmes une voiture et nous nous mîmes en route. Nous suivîmes le chemin de Paris jusqu'à Bapaume, petite ville qui est à cinq lieues environ d'Arras. Là, nous attendîmes toute la journée, mais mon frère n'arriva point. Nous retournâmes tristement le soir sur nos pas, en nous promettant de revenir le lendemain. Nous fûmes bien étonnés de voir une foule considérable aux portes d'Arras; déjà le bruit de l'arrivée de Robespierre s'était répandu dans la ville, soit que madame Buissart eût commis quelque indiscrétion, soit que notre bonne eût pénétré les motifs de notre voyage à Bapaume, et l'eût divulgué. Dès que le peuple aperçu la voiture où nous étions, il crut qu'elle renfermait Maximilien, et se mit à faire entendre de vives acclamations. Il voulut même dételer les chevaux et traîner la voiture.

Le lendemain, nous partîmes de grand matin pour ne pas être vus; nous descendîmes à Bapaume dans une auberge, devant laquelle passaient toutes les voitures qui venaient de Paris, et nous nous mîmes en sentinelle pour découvrir celle qui portait l'objet de tous nos vœux. Enfin nous le serrâmes dans nos bras, et nous goutâmes l'ineffable plaisir de le revoir après une absence de deux ans.

Nous pensions que notre présence à Bapaume na'vait pas éte remarquée, et nous fûmes bien surpris quand nous vîmes tous les patriotes de cette ville venir féliciter mon frère Maximilien sur les luttes qu'il avait soutenues dans le sein de l'Assemblée constituante contre les ennemis du peuple, sur ses principes démocratiques, et sur le courage qu'il avait déployé en les propageant. Ils offrirent à Robespierre un banquet après lequel nous montâmes en voiture, et nous reprîmes la route d'Arras. Une affluence encore plus grande que la veille nous attendait. Maximilien descendit de voiture pour n'avoir pas le chagrin de voir le peuple le traîner; car il nous le dit en particulier, il était indigne d'un peuple libre de s'atteler à une voiture comme des brutes pour traîner un homme. Un pareil acte montrait que le peuple n'avait pas fait beaucoup de progrès, et qu'il était encore dans les langes de l'ignorance et du préjugé.

Les patriotes de Bapaume avaient accompagné Robespierre jusqu'à Arras. Il se mêlèrent à la foule, et lui firent cortége avec elle jusqu'à son habitation. Mille bravos, mille applaudissemens retentissaient à ses oreilles; partout il était salué des cris de *Vive Robespierre! vive le défenseur du peuple!* Les rues qu'il devait traverser avaient été spontanément illuminées. Ces démonstrations si flatteuses, que tant d'autres auraient recherchées avidement, et auraient fait naître au besoin, mon frère aurait voulu s'y soustraire; c'était dans cette intention qu'il m'avait priée, en m'annonçant son arrivée, de n'en parler à personne. Ses ennemis toutefois lui firent un crime de cette réception; ils lui reprochèrent de s'être laissé fêter: pouvait-il faire autrement? et ne voit-on pas percer dans leurs reproches la haine aveugle et jalouse qui les dévorait.

Maximilien resta fort peu de temps à Arras. Il alla goûter les douceurs du repos dans une campagne des environs, si l'on peut appeler repos l'état de travail intélectuel où se trouvait continuellement mon frère. Tranquille en apparance, son esprit méditait sans cesse; il réfléchissait problablement au fond de sa retraite à la tâche qu'il n'avait encore qu'ébauchée, et qu'il devait plus tard conduire presque à son terme. Il puisait des inspirations nouvelles dans la pureté de sa concience et de son cœur.

De retour de la campagne, il alla visiter à sept lieues d'Arras un ancien ami qu'il affectionnait beaucoup, et à qui il avait rendu dans le temps des services importans. Il le croyait toujours le même à son égard, et ne pouvait supposer que cet homme ingrat avait complètement changé. Mon jeune frère et moi, nous avions deviné la fausseté de ce prétendu ami; mais nous n'avions jamais voulu en parler à Maximilien pour ne pas lui faire de la peine. Quand il vit l'accueil de glace que lui faisait cet homme, il ne put en revenir, et le quitta l'âme navrée.

Robespierre retourna à Paris, où sa présence était plus que jamais nécessaire. Les aristocrates redoublaient d'efforts pour faire avorter la révolution, et pour replonger la France dans l'ancien régime. Il fallait que les patriotes décuplassent leur forces pour rendre impuissantes les criminelles menées de l'aristocratie.

. . . . (1) . .

Mes deux frères furent élus membre de la Convention nationale par le peuple de Paris. Précédemment, Maximilien avait été élu par sa section membre de la commune insurrectionnelle, qui remplaça au 10 août l'ancienne commune. Jamais il ne présida cette commune insurrectionnelle, Madame de Genlis s'est donc étrangement trompée quand elle a attribué à mon frère un propos atroce qu'il aurait adressé à une dame du Château, en l'interrogeant, comme président de la commune. Je ne me souviens pas de ce propos; mais je me rappelle fort bien avoir lu l'accusation de madame de Genlis contre mon frère, dans une note placée à la fin d'un de ses romans. Si cettte dame auteur n'avait pas été aveuglée par sa haine contre Robespierre (et la haine rend injuste), elle ne se serait pas hâtée de lui attribuer le propos en question; elle aurait pris de plus amples informations sur celui qui l'avait proféré, car il l'a été réellement, et elle aurait su qu'il l'avait été par Billaud-Varennes; c'est lui qui présidait la commune insurrectionnelle.

Quoi! mon frère aurait insulté cruellement

(1) Il existe ici une lacune dans les notes que m'a laissées Charlotte Robespierre. L.

aux vaincus du 10 août, il leur aurait adressé des paroles atroces, lui qui s'était démis de ses fonctions d'accusateur public, parce qu'elles répugnaient à son cœur, parce qu'au lieu de charger l'accusé, il se prenait toujours à le défendre?

Ou madame de Genlis a prêté sans le savoir à mon frère le propos de Billaud-Varennes, ou bien elle l'a fait en toute connaissance de cause: dans cette dernière hypothèse, son procédé est indigne; il suffit seul pour ternir sa réputation: dans la prèmière il est moins coupable; mais il montre du moins avec quelle prévention l'on juge mon malheureux frère Maximilien. On apprend qu'un mot affreux a été prononcé, et sans s'informer de quelle bouche il est sorti, on l'attribue à mon frère. Oh! que Napoléon avait raison de dire que Robespierre avait été le bouc émissaire de la révolution, et que l'on a rejeté sur lui seul toutes les iniquités des autres. N'en voilà-t-il pas une preuve entre mille? Et si l'on veut examiner attentivement la vie politique de mon frère, telle que l'ont écrite ses ennemis, ne verra-t-on pas, comme dans cette circonstance, qu'on lui a fait endosser la responsabilité d'une foule de faits odieux auxquels il est complètement étranger? Qu'on vienne parler ensuite de la justice et de l'équité des hommes, lorsque je vois une génération toute entière ajouter volontairement foi à toutes les calomnies qu'il a plu aux ennemis de mon frère de débiter contre lui. O postérité! mon seul recours est en toi, tu absoudras mon frère, tu lui assigneras sa véritable place dans l'histoire; car, toi seule, tu juges sans passion.

CHAPITRE IV (1).

Départ de Charlotte Robespierre et de son jeune frère pour Nice. — Ce qui leur arrive à Lyon. — Les dangers qu'ils courent avant d'arriver à leur destination. — Ils sont poursuivis par les Marseillais. — Arrivée à Nice. — Promenades à cheval. — Indigne procédé de madame Ricord à l'égard de Charlotte Robespierre. — Elle est calomniée par elle auprès de son frère. — Piége infâme que lui tend madame Ricord pour la faire retourner à Paris. — Conséquence de cette trahison.

Mon jeune frère et un autre représentant, Ricord, reçurent l'ordre de la Convention de se rendre auprès de l'armée d'Italie, dont le quartier-général était alors à Nice. On sait que la Convention avait conçu l'excellente idée d'envoyer ses

(1) Une immense lacune règne évidemment entre ce chapitre et le précédent. J'ai vainement cherché dans les notes qui m'ont été laissées de quoi la remplir. L.

membres en mission aux armées, et que c'est en grande partie à cette mesure que la France dut ses admirables succès.

Je sus que Ricord emmenait sa femme avec lui, et alors l'idée me vint de partir avec mon frère. Je le priai de m'emmener, et il se rendit avec joie à ma demande. Rien jusqu'alors n'avait altéré la vive amitié qui régnait entre nous; jamais famille n'avait été plus unie que nous ne l'étions mes deux frères et moi. Comme ils sont coupables ceux qui ont troublé cette bonne harmonie!

Il me serait difficile de me rappeler l'époque précise de notre départ. Je me souviens seulement que le Midi était fort exaspéré contre les Montagnards, et même que plusieurs départemens s'étaient soulevés à la voix des députés Girondins qui s'étaient soustraits au décret du 31 mai. Je crois même que déjà les royalistes avaient livré Toulon aux Anglais.

Lyon était insurgé. Quand nous y arrivâmes, le calme y était en apparence. Notre voiture se dirigea vers l'Hôtel-de-Ville; mon jeune frère et Ricord y entrèrent. Madame Ricord et moi nous restâmes dans la voiture, et bientôt nous fûmes entourées par une foule toujours croissante, qui nous questionna sur ce qu'on disait à Paris des Lyonnais. Nous répondîmes pour couper court aux questions que nous l'ignorions. Plusieurs hommes qui portaient la parole pour les autres, nous dirent alors d'un ton courroucé : Nous sa-» vons que les Parisiens disent que nous sommes » en contre-révolution ; mais ils ont menti ; voyez » plutôt nos cocardes. » En effet, ils avaient la cocarde nationale, mais cela ne prouvait rien, car n'avons-nous pas vu les contre-révolutionnaires les plus prononcés de la première révolution porter la cocarde tricolore? Et parmi ceux qui la portent, depuis la révolution de juillet 1830, n'en est-il pas qui sont ennemis de la révolution dans leur cœur?

Pendant que madame Ricord et moi nous étions ainsi à la question, et que notre position, vis-à-vis de ces hommes presque furieux, devenait de plus en plus embarrassante, Robespierre jeune et Ricord avaient une explication très vive avec les officiers municipaux; ces derniers leur parlaient en des termes menaçans, et paraissant vouloir les rendre responsables des événemens qui avaient renversé les Girondins. Les deux représentans soutinrent la dignité de leur caractère, et s'exprimèrent avec une fermeté qui en imposa à la commune lyonnaise. En quittant l'Hôtel-de-Ville, mon frère et Ricord remontèrent dans la voiture, et délibérèrent un instant pour savoir si nous nous reposerions à Lyon, ou s'il ne serait pas plus prudent de continuer notre route, dans la crainte que les Lyonnais ne les emprisonnassent l'un et l'autre comme ils avaient emprisonné deux de leurs collègues quelque temps auparavant. Ce dernier avis nous parut le meilleur, et nous nous hâtâmes de sortir de Lyon.

Mais, comme la nouvelle du voyage des deux conventionnels ne pouvait manquer de se répandre sur la route que nous devions parcourir pour nous rendre à Nice, puisque nous ne voyagions qu'à petites journées, il était à craindre que les populations de la Provence, dont l'esprit en général était mauvais, ne se portassent à quelque excès contre Robespierre et Ricord. En conséquence nous abandonnâmes la grande route et nous nous jetâmes dans des chemins de traverse qui nous conduisirent à Manosque.

Nous restâmes deux jours dans cette petite ville. Ce que nous appréhendions était arrivé, on savait qui nous étions, et nous fûmes fort mal regardés; je puis même dire que, vu l'exaspération des esprits, notre séjour à Manosque n'était pas sans danger. Nous avions avec nous deux militaires qui nous rendirent de grands services. Quand il fut question de nous remettre en route, ils allèrent en avant pour éclairer le pays. Nous touchions déjà aux bords de la Durance qu'il nous fallait traverser, lorsque nos deux vedettes revinrent précipitamment nous dire que les Marseillais étaient en armes sur la rive opposée, et avaient des canons.

Marseille avait ouvertement levé l'étendard de la révolte; elle avait envoyé des détachemens de rebelles dans plusieurs directions pour soulever les départemens circonvoisins. C'était un de ces détachemens que nous rencontrions si malencontreusement au moment de passer la Durance. Nous retournâmes sur nos pas, et rentrâmes dans Manosque avec l'intention de prendre une autre route. Mais avant de quitter une seconde fois cette ville, les deux conventionnels exigèrent avec autorité que l'on coupât les câbles du bac. On refusa d'obéir; l'attitude de la population était menaçante; mon jeune frère et Ricord renouvelèrent leur injonction; et, soit que les habitans fussent subjugués par l'ascendant de leur parole, soit qu'ils eussent conservé un reste de respect pour la souveraineté nationale dont ils étaient les représentans, ils se mirent en mesure d'obéir; mais ils ne coupèrent qu'un câble. Robespierre et son collègue feignirent de ne pas s'en apercevoir, et eurent l'air de croire que le bac était hors de servir, quoiqu'ils sussent bien qu'ils pouvaient encore livrer passage à nos ennemis, ce qui arriva.

Nous sortîmes de Manosque, précédés de nos deux vedettes, et nous dirigeâmes sur Forcalquier. Le maire de Manosque, qui était patriote, rejoignit notre voiture au moment où elle sortait de la ville, et nous offrit une escorte de cinquante gardes nationaux. Les deux conventionnels qui n'avaient pas une très grande confiance dans la garde nationale de Manosque, remercièrent le maire de son offre obligeante, mais n'acceptèrent point l'escorte qu'il voulait leur donner.

Nous arrivâmes à Forcalquier sans malencontre. Les patriotes de cette ville nous offrirent leurs services, et restèrent auprès de nous pendant qu'on nous préparait à souper. Nous avions le plus grand besoin de prendre un peu de nourriture et surtout de dormir. Il était onze heures du soir, depuis le matin nous n'avions rien pris et nous n'avions goûté aucun repos. Mais à peine étions-nous à table, qu'un exprès du maire de Manosque vint nous avertir que les Marseillais s'étaient mis à notre poursuite, et ne tarderaient pas de nous atteindre; si nous ne nous dérobions à leur fureur par une prompte fuite. Le danger était pressant. Rester à Forcarquier c'était affronter un trépas inévitable; suivre la grande route qui mène à

Sisteron, c'était tomber dans un péril presque aussi grand, car les Marseillais n'auraient pas manqué de continuer leur poursuite, et nous auraient infailliblement atteints. Nous n'avions donc qu'un seul parti à prendre, c'était de gagner les montagnes qui sont entre Forcalquier et le département de Vaucluse.

Nous prîmes des chevaux, car notre voiture nous devenait désormais inutile, et accompagnés d'une douzaine de patriotes qui nous servirent de guides, nous marchâmes toute la nuit dans des chemins affreux, gravissant des côtes très rudes où nos chevaux avaient peine à nous porter, et faisaient des faux pas à chaque iustant.

Après les plus cruelles fatigues, nous parvînmes de grand matin à un village dont le vénérable pasteur nous donna l'hospitalité avec une franchise et une cordialité charmantes. Après avoir goûté quelques heures de repos, nous nous remîmes en marche, et nous arrivâmes vers le soir à Sault, dans le département de Vaucluse. Un jeune médecin avec lequel nous avions fait une partie de la route, nous présenta chez deux dames de sa connaissance, qui nous accueillirent avec la plus grande bienveillance, et nous accablèrent des attentions les plus délicates pendant trois jours que nous restâmes chez elles. Mon frère et

Ricord se lièrent avec le jeune médecin, et apprirent de lui qu'il avait été pour siéger dans la nouvelle Convention qui devait se réunir à Bourges (1). Lorsqu'il sut que cette Assemblée était formée dans un but contre-révolutionnaire, et que les Girondins en avaient demandé la formation en désespoir de cause, et parce qu'ils n'avaient plus que ce seul moyen de lutter contre les Montagnards, il déclara que jamais il n'y siégerait, et s'attacha à faire revenir ses amis de l'erreur où ils étaient relativement au parti de la Montagne, erreur qu'il avait partagée lui-même.

Le jeune médecin, dont je regrette de ne plus me rappeler le nom, conduisit les deux conventionnels à la Société populaire, où ils furent reçus avec enthousiasme. Ils parlèrent, et leurs discours furent couverts d'applaudissemens.

Nous séjournâmes trois jours à Sault, après quoi nous retournâmes à Manosque. Vingt ou trente patriotes nous accompagnaient; les deux militaires, qui ne nous quittaient point, nous précédèrent dans la ville, et annoncèrent que nous

(1) C'est le girondin Guadet qui proposa de convoquer une Convention nouvelle, formée des députés suppléans à la Convention nationale, et qui devait se réunir à Bourges. La chute du parti girondin empêcha l'exécution de cette mesure funeste. L.

arrivions suivis de six mille hommes de troupes. Cet innocent mensonge était nécessaire pour tenir en bride l'effervescence contre-révolutionnaire des habitans de Manosque.

Les deux représentans se rendirent à la municipalité pour se plaindre de la conduite que la ville avait tenue à leur égard, et de l'accueil amical qu'elle avait fait aux Marseillais. La municipalité qui, à l'exception du maire, était aussi coupable que le reste des habitans, s'excusa comme elle put, et promit de faire punir les coupables : elle aurait dû commencer par se punir elle-même. Tout le monde était dans la consternation; on se figurait que les représentans allaient faire raser la ville.

Nous apprîmes que les Marseillais étaient entrés à Forcalquier une demi-heure après notre départ précipité; qu'ils avaient cherché les représentans partout, et que, ne trouvant que notre voiture qui était à l'auberge, et que nous n'avions pu emmener, ils la conduisirent en triomphe à Marseille. Nous envoyâmes la réclamer. On nous la rendit, mais elle était incapable de nous servir; on l'avait presque entièrement démontée et brisée pour chercher la planche aux assignats avec laquelle on prétendait que nous voyagions; nos effets étaient dans un pitoyable état; mais rien n'avait été détourné.

Nous eûmes bien encore à essuyer quelques vicissitudes, mais enfin notre voyage s'acheva sans accidens trop graves, et comme j'ai hâte d'arriver à toutes les tribulations dont je fus victime à Nice, je passe sous silence les obstacles nouveaux que nous eûmes à surmonter dans notre voyage de Manosque à cette ville.

L'esprit public n'était pas meilleur à Nice que dans la Provence. Mais là nous n'avions rien à craindre des contre-révolutionnaires; il y avait une division de troupes françaises. Le général en chef Dumerbion et son état-major nous protégeaient, madame Ricord et moi, quand son mari et mon frère allaient en tournée, ce qui arrivait souvent. Pendant mon séjour à Nice je n'allai que trois fois au spectacle. La première fois nous fûmes respectées; la seconde fois, on s'empara avant notre arrivée de la loge que nous avions louée; la troisième enfin, on nous jeta des pommes qui ne nous atteignirent point. Le général Dumerbion s'en aperçut, et nous envoya prier par un de ses aides-de-camp de passer dans sa loge. On n'osa plus rien nous jeter, mais au bout de quelques momens, nous quittâmes le spectacle, et nous n'y remîmes plus les pieds.

Robespierre jeune et Ricord avaient trouvé cette armée d'Italie, qui devait bientôt s'illustrer par de si grands exploits, dans un dénûment affreux. Pendant qu'ils visitaient les différentes divisions, et qu'ils substituaient partout l'ordre au désordre, l'abondance à la disette, nous nous occupions, madame et Ricord et moi, à confectionner des chemises pour les soldats. Le soir, pour nous délasser, nous allions nous promener dans les environs de Nice, soit à pied soit à cheval. Nos promenades équestre firent jaser, et fournirent un aliment à la méchanceté de nos ennemis. On écrivit à Paris que nous tranchions des princesses; plusieurs journaux payés par l'aristocratie propagèrent cette absurde accusation, et Maximilien Robespierre m'écrivit pour m'en avertir. Mon jeune frère m'en fit part également, et je lui promis de me refuser dorénavant le plaisir de monter à cheval.

Madame Ricord, qui était la personne du monde la plus légère et la plus inconsidérée, fit la même promesse, mais avec la résolution de ne la point tenir. C'est ici que je dois donner une idée de son caractère. Long-temps je ne la crus que coquette et étourdie; mais je m'aperçus enfin, et par ma propre expérience, qu'elle était méchante, et qu'elle cherchait par tous les moyens possibles à me brouiller avec mon jeune frère pour me faire retourner à Paris. Ma présence lui était insupportable; aimant passionnément les plaisirs, et souvent des plaisirs qui ne sont pas permis à des femmes qui se respectent, elle trouvait en moi un témoin sévère et rigoureux qui la gênait. Une dame qui s'intéressait à moi, et qui voyait au manége de madame Ricord que j'étais déplacée dans sa société, et dans celle d'une dame qu'elle fréquentait et qui ne valait pas mieux qu'elle, me disait bien des fois : *Vous êtes trop vertueuse pour être ici; votre présence seule fait leur critique.* Je ne compris pas d'abord le sens de ces paroles; plus tard, et lorsque j'eus été victime de la plus noire trahison, je me les rappelai, et j'admirai ma simplicité qui m'avait empêchée de les comprendre.

Pour en revenir aux promenades à cheval, qui m'avaient formellement été défendues par mes deux frères, un jour que Robespierre jeune et Ricord étaient en tournée, madame Ricord m'en proposa une, et voici dans quelle occasion. Nous avions été invitées, elle et moi, à dîner chez des personnes de sa connaissance. Après le dîner, et lorsque déjà les chevaux étaient prêts ainsi qu'une voiture pour ceux qui ne savaient pas monter à cheval; madame Ricord dit : *Partons; la voiture et les chevaux sont prêts ;* absolument comme s'il avait été convenu d'avance que la promenade aurait lieu. Je m'approchai d'elle et lui rappelai à voix basse la défense de mon frère ; elle ne m'écouta pas et s'éloigna de moi en riant. Je n'osai pas m'expliquer plus amplement devant les personnes qui se trouvaient présentes ; je me résignai et montai dans la voiture.

Pendant tout le temps que dura la promenade, je fus triste et j'eus le cœur gros, tant j'étais affectée de désobéir à mon frère. Assurément je ne pris aucune part au plaisir des autres, et j'aurais préféré mille fois n'être pas sortie de chez moi. Une idée me consolait. Si mon frère, me disais-je intérieurement, apprend cette promenade, comme c'est inévitable, du moins il saura que ce n'est pas moi qui l'ai voulue, il saura que j'ai fait des reprétentations à madame Ricord, et qu'elle n'en a pas tenu compte ; il saura enfin que c'est elle qui a voulu cette promenade, et que je n'ai pu faire autrement que de la suivre ; madame Ricord assumera sur elle toute responsabilité.

Deux jours après mon frère revint. Le jour de son arrivée il ne me parla point de la partie que nous avions faite, et je crus que, sachant que j'avais été pour ainsi dire contrainte, il ne m'en voulait nullement. Mais le lendemain je fus bien étonnée lorsque je l'entendis m'adresser des reproches. Je voulus m'excuser ; il me répondit que c'était moi qui avais voulu que l'on fît la partie; alors j'en appelai au témoignages de madame Ricord. Que devins-je, et quelles furent ma surprise et mon indignation quand cette femme, au lieu de déclarer la vérité, soutint avec une effronterie imperturbable que c'était moi effectivement qui avais voulu la promenade, et qui l'avais entraînée malgré elle? J'en fus attérée, la parole me manqua pour répondre; ceux qui étaient présens ont pu croire que j'étais coupable, à voir l'assurance de madame Ricord et ma stupéfaction. Mais mon frère devait-il ajouter foi à cet odieux mensonge? Il me connaissait, lui, il savait que j'étais incapable de mentir. Pourquoi donc ne voulut-il pas me croire? Lorsque je fus seule je pleurai beaucoup. Cette scène avait fait sur mon cœur la plus pénible impression. Mais je résolus de concentrer ma douleur, et de ne la point faire paraître, surtout à mon frère. Il ne me parla plus de rien, et l'on aurait pu croire qu'il ne s'était rien passé s'il n'avait conservé à mon égard une certaine froideur qui me désespérait. Voilà quel avait était le résultat du mensonge de madame Ricord. Quand à elle, elle n'en était ni plus soucieuse ni moins gaie; elle avait toujours son humeur rieuse et folâtre : on aurait dit vraiment à voir son air de satisfaction qu'elle était contente d'elle-même et qu'elle avait fait la meilleure action du monde.

On suppose bien qu'après avoir été aussi cruellement jouée par madame Ricord, je ne devais plus avoir pour elle ni estime, ni amitié ; c'est tout au plus si j'en avais pour elle avant la scène que je viens de raconter. En effet, comment estimer une femme qui connaît assez peu les règles de la bienséance et ses devoirs d'épouse pour commettre les plus graves inconséquences ? Comment aimer une personne qui compromettait continuellement mon jeune frère par ses avances, auxquelles il croyait de son honneur et de son devoir de ne point répondre ? En vérité, si la pudeur ne retenait ma plume, je dirais des choses qui ne seraient pas à la louange de madame Ricord. Elle était jeune et charmante ; mais sa coquetterie égalait au moins sa beauté. Elle voulait briller et être adorée à tout prix, et pour se faire remarquer il n'était rien qu'elle ne fît.

Ricord aimait sa femme, et avait en elle une confiance illimitée. Absorbé qu'il était par des occupations sans nombre, il ne s'apercevait pas de ses inconséquences, et n'aurait jamais pu la soupçonner. Ricord avait toutes les vertus publiques et privées ; on pouvait l'égaler, non le surpasser en patriotisme; il était un des plus ardens et des plus intrépides Montagnards. Ami sûr et fidèle, époux tendre, il méritait d'avoir une autre femme, et jamais couple, à mon avis, ne fut plus mal assorti. Probablement il a toujours ignoré les mauvais procédés de sa femme à mon égard; elle l'aura prévenu contre moi, et, comme il ne voyait que par ses yeux, il aura cru tout ce qu'elle lui aura dit.

Mon départ de Nice approchait sans que je m'en doutasse. Je ne savais pas alors, et je n'ai su que depuis, que madame Ricord ne cessait de dire du mal de moi à mon frère, et inventait mille mensonges pour me faire perdre mon amitié. La froideur de mon frère redoublait de jour en jour, je ne savais à quoi l'attribuer. Sans doute j'aurais dû demander à Augustin une explication sur ce changement; mais je le voyais si occupé, si accablé de travaux, que je ne pus m'y résoudre. Nous fûmes l'un et l'autre victimes de la plus cruelle des mystifications.

Madame Ricord, qui peut-être espérait que mon frère serait moins insensible à ses avances en mon absence, machina mon éloignement. Elle me tendit un piége, et tout d'abord j'y tombai, tant j'étais peu faite pour résister aux artifices de cette femme. Mon frère ayant quitté Nice pour faire un voyage de six jours, madame Ricord me proposa de venir passer ce temps à Grasse, chez une de ses amies. J'accepte, sans me douter de rien, et nous partons. A peine arrivées à Grasse on apporte à madame Ricord une lettre qui avait, disait-on, été adressée à Nice. Madame Ricord me dit que cette lettre est de mon frère, et qu'il me prie de retourner le plus promptement possible à Paris.

Qu'on juge de mon étonnement! Mon frère, sans me voir, sans me faire ses adieux, me renvoie comme une réprouvée. Rien n'était plus incroyable, et pourtant je me laissai prendre à ce piége grossier. N'écoutant pour le moment que mon indignation, je retins une place dans une voiture particulière qui partait pour Paris, et je partis le lendemain matin.

J'ai fait depuis bien de tristes réflexions sur ce départ précipité. J'aurais dû me faire montrer la lettre où mon frère m'ordonnait, soi-disant de partir; j'aurais dû retourner à Nice, l'attendre, et lui demander s'il était vrai qu'il me chassait pour ainsi dire de sa présence. J'aurais acquis de sa bouche la preuve du contraire; mes yeux se seraient ouverts sur l'abîme que l'on avait creusé sous mes pas, et les siens se seraient dessillés sur le compte d'une femme dont il avait cru jusqu'alors toutes les calomnies et tous les mensonges.

Mais, pour mon malheur, il n'en a point été ainsi. J'ai ajouté crédulement foi à ce que me disait madame Ricord, et je n'ose pas encore penser à toutes les conjectures que Robespierre a pu tirer de mon brusque départ. Elle lui aura dit que j'avais voulu partir sans le voir, parce que je n'avais aucune amitié pour lui; que de choses ne lui aura-t-elle pas dites! elle l'aura aigri contre moi de toutes les manières. Il me fut facile, à son retour à Paris, de juger de l'effet qu'avaient produit sur son cœur les propos envenimés de madame Ricord. Il ne voulut plus me voir, et les évènemens de thermidor arrivèrent avant que je ne me fusse justifiée auprès de lui. Ainsi donc, à la douleur d'avoir perdu mes deux frères, se joint celle d'avoir été méconnue par l'un des deux, qui emporta au tombeau l'idée que j'avais des torts envers lui. Peut-on être plus malheureuse que je ne le suis? Madame Ricord s'est applaudie de ce qu'elle a fait; elle ne savait donc pas qu'elle me préparait une vie tout entière abreuvée de larmes et de regrets!

CHAPITRE V (1).

Diverses tentatives d'assassinat sur Maximilien Robespierre. — Fouché est présenté à Charlotte Robespierre par Maximilien. — Il la demande en mariage. — Mission de Fouché à Lyon. — A son retour Robespierre l'accable de reproches sur sa conduite dans cette ville. — Rupture entre Charlotte et Fouché. — Charlotte Robespierre est calomniée par madame Ricord. — Relations de Charlotte Robespierre et de son jeune frère avec Bonaparte. — Entrevue de Robespierre et de Marat. — Robespierre jeune revient à Paris et ne veut point voir sa sœur. — Charlotte lui écrit. — Maximilien se sépare de ses collègues du comité de salut public. — Avant-coureur du 9 thermidor. — Griefs des ennemis de Robespierre contre lui. — Appréciation de Danton et de Camille Desmoulins. — Séances du 8 et du 9 thermidor. — Mort des deux Robespierre. — Arrestation de leur sœur. — Conclusion.

Depuis que Maximilien Robespierre a péri victime des contre-révolutionnaires, la rage de ses

(1) On remarquera qu'il doit exister entre le cinquième et le quatrième chapitre une lacune, comme entre le quatrième et le troisième. L.

ennemis s'exhale en calomnies, en mensonges, en diatribes furibondes contre lui ; mais avant sa mort, indépendamment de ces moyens qui ont toujours été à leur convenance, ils en avaient un autre qui n'était pas moins digne d'eux c'était le poignard.

Un grand nombre de tentatives d'assassinat ont été faites sur lui. L'histoire a parlé de Cécile Renault et de Ladmiral, mais elle n'a rien dit de plusieurs autres assassins qui se présentèrent chez mon malheureux frère avec l'intention de l'égorger.

Nous étions un jour réunis chez M. Duplay, lorsqu'un homme se présenta et demanda à parler à Maximilien Robespierre. Mon frère alla à lui et le pria de lui dire ce qu'il voulait. Cet homme répondit qu'il ne pouvait lui parler qu'en particulier ; on le fit alors passer dans une pièce voisine où mon frère le suivit. Quelques momens après nous entendîmes un mouvement violent. Aussitôt on conçut des soupçons sur l'inconnu ; on entra dans la pièce voisine où il se trouvait avec Maximilien, et l'on vit qu'il avait saisi mon frère à la gorge, qu'il l'avait appuyé contre le mur, et qu'il l'étranglait !.... l'assassin était taillé comme un Hercule, et il avait bon marché de Maximilien, qui était faible de corps et d'une complexion délicate Nous jetâmes des cris perçans ; l'assassin lâcha alors sa victime, et prit la fuite ; tout occupés de secourir mon frère, nous ne pensâmes pas à lui fermer la retraite.

Une autre fois, deux hommes se présentèrent également chez M. Duplay pour parler à mon frère, qui était sorti ; on leur dit qu'il était absent. Ils insistèrent pour le voir. Il y avait dans leur contenance, dans leur mine et jusque dans leurs paroles, quelque chose de suspect ; tout annonçait qu'ils avaient de mauvais desseins ; on les questionna sur l'objet de leur visite, ils se coupèrent, ce qui acheva de nous confirmer dans l'idée que ces deux hommes n'étaient autre chose que des malfaiteurs qui voulaient assassiner Maximilien. Ils dirent qu'ils avaient absolument besoin de lui parler, et qu'ils reviendraient. Ils revinrent en effet le lendemain à l'heure du dîner, nous étions à table ; ils n'entrèrent pas ensemble ; peut être s'étaient-ils donné rendez-vous chez M. Duplay pour exécuter leur crime. Le premier arrivé parut embarassé ; il demanda à parler en particulier à Robespierre ; on lui répondit que son infâme projet était découvert. A ces mots, il se troubla, balbutia quelques paroles, et se retira précipitamment. Il s'était à peine écoulé quelques minutes lorsque son compagnon de la veille arriva. On ne lui donna pas le temps de parler, on lui dit que son complice ne l'avait précédé que d'un instant, qu'il n'avait plus qu'à le rejoindre, et que leur coup était manqué. Il n'en fallut pas davantage pour l'anéantir; ou eût dit un homme foudroyé; il s'enfuit comme si on l'eût poursuivi.

Ces deux événemens et beaucoup d'autres encore, donnèrent à Robespierre la certitude qu'une bande d'assassins était organisée pour attenter à ses jours. D'ailleurs les propos tenus par un nommé Saintenax, ex-moine, qui avait dit dans un café de Choisy-sur-Seine que tôt ou tard les *scélérats du comité* seraient tous frappés, venaient à l'appui de cette conviction où mon frère était, et où j'etais moi-même, conviction qui ne m'a pas quittée; oui, je suis encore convaincue que les cours étrangères, que l'émigration, que les aristocrates de l'intérieur conspiraient contre les jours des membres du comité de salut public, et surtout contre la vie de mon frère. Les historiens vendus ont rejeté cette opinion, je le crois bien; ils étaient payés pour cela; mais les historiens qui ont écrit consciencieusement l'histoire de la révolution ont à cet égard la même opinion que moi. Qu'on lise Laponneraye (1), et l'on verra s'il ne

(1) *Cours d'histoire de France*, depuis 1789 jusqu'en 1830, tome 2, pages 235-236.

pense pas qu'une conspiration sourde était formée pour assassiner Maximilien Robespierre.

On peut lire dans le *Moniteur* l'admirable discours que mon frère prononça à l'occasion des tentatives criminelles de Cécile Renault et de Ladmiral. Il formellement dans ce discours qu'il s'attend à mourir, mais qu'il est heureux de mourir pour la sainte cause de la liberté et de l'égalité; qu'il se dépêche de faire sur la terre le plus de bien qu'il peut, puisque les méchans ont marqué sitôt le terme de son existence, et que plus ils ont hâte de trancher le fil de ses jours, plus il éprouve le besoin de consacrer sa vie à des actions utiles pour laisser après lui un nom cher à l'humanité. Une seule crainte le tourmentait, c'était que les méchans, après l'avoir assassiné, ne déversassent sur lui la calomnie. Il fit à ce sujet quelques vers, dont je ne me rappelle que les cinq suivans :

> Le seul tourment du juste à son heure dernière,
> Et le seul dont alors je serai déchiré,
> C'est de voir en mourant la pâle et sombre envie
> Distiller sur mon nom l'opprobre et l'infamie,
> De mourir pour le peuple, et d'en être abhorré...

Ce qui donnait à mon frère Maximilien le pressentiment d'une mort prochaine, ce n'était pas tant le poignard que les aristocrates faisaient luire à ses yeux, que l'attitude d'un grand nombre de prétendus patriotes à son égard. Robespierre exprimait sa pensée avec une rudesse et une franchise qui mécontentaient ceux qui avaient des reproches à se faire; la plupart des hommes qui trempèrent dans le complot de thermidor n'avaient d'autres griefs contre lui que d'en avoir été énergiquement blâmés à raison de leurs actes. Fouché était de ce nombre.

Fouché avait montré depuis le commencement de la révolution le plus ardent patriotisme, le plus saint dévouement. Mon frère, qui le croyait sincère, lui avait accordé son amitié et son estime; il m'en parlait comme d'un démocrate à toute épreuve, et me le présenta même en me faisant son éloge, et en me demandant pour lui son estime. Fouché, après avoir été introduit auprès de moi par mon frère, me rendit des visites assidues, et eut pour moi ces égards, ces attentions que l'on a pour une personne à laquelle on s'intéresse d'une manière particulière.

Fouché n'était pas beau, mais il avait un esprit charmant et était extrêmement aimable. Il me parla de mariage, et j'avoue que je ne ressentis aucune répugnance pour ce lien, et que j'étais assez disposée à accorder ma main à celui que mon frère m'avait présenté comme un pur démocrate et comme son ami.

Je ne savais pas que Fouché n'était qu'un hypocrite, un fourbe, un homme sans convictions, sans moralité, et capable de tout pour satisfaire son ambition effrénée. Il avait si bien su déguiser ses vils sentimens et ses mauvaises passions, à mes yeux comme aux yeux de mon frère, que je fus sa dupe comme l'était Maximilien. Je répondis à sa proposition que je voulais consulter mon frère et me consulter moi-même, et que je lui demandais du temps pour prendre une résolution. J'en parlai effectivement à Robespierre qui ne montra aucune opposition à mon union avec Fouché.

C'est vers cette époque que celui-ci partit en mission pour Lyon avec Collot-d'Herbois. On sait assez de quelle manière l'un et l'autre s'y conduisirent; on sait qu'ils firent ruisseler le sang par torrens, et plongèrent la seconde ville de la république dans l'épouvante et la consternation. Robespierre en fut outré. Ses ennemis lui reprochent d'avoir envoyé dans les départemens des proconsuls sanguinaires, et c'est lui au contraire qui fit rappeler presque tous ceux qui abusèrent de leurs pouvoirs illimités pour exercer des cruautés affreuses; c'est lui qui ne cessait d'écrire aux représentans du peuple en mission, qu'il fallait être sobre de rigueurs et faire chérir la révolution au lieu de la faire haïr. Plusieurs fois il demanda, sans pouvoir l'obtenir, le rappel de Carrier que protégeait Billaud-Varennes. Plus heureux à l'égard de Fouché, il le fit revenir à Paris.

Je fus présente à l'entrevue que Fouché eut à son retour avec Robespierre. Mon frère lui demanda compte du sang qu'il avait fait couler, et lui reprocha sa conduite avec une telle énergie d'expression, que Fouché était pâle et tremblant. Il balbutia quelques excuses, et rejeta les mesures cruelles qu'il avait prises sur la gravité des circonstances. Robespierre lui répondit que rien ne pouvait justifier les cruautés dont il s'était rendu coupable; que Lyon, il est vrai, avait été en insurrection contre la Convention nationale, mais que ce n'était pas une raison pour faire mitrailler en masse des ennemis désarmés.

A dater de ce jour, Fouché fut l'ennemi le plus irréconciliable de mon frère, et se joignit à la faction qui conspirait sa perte. Je ne le sus que plus tard. Fouché ne remis plus les pieds chez moi, mais je le rencontrais quelquefois aux Champs-Élysées, où j'allais me promener presque tous les jours. Il m'abordait comme si rien ne s'était passé entre mon frère et lui. Quand j'eus appris qu'il était l'ennemi déclaré de Maximilien, je ne voulus plus lui parler. Des propos infâmes ont été tenus sur mon compte au sujet de cet homme, on a osé dire que j'avais été sa maîtresse avant et après le 9 thermidor; c'est une abominable calomnie! jamais Fouché n'a cessé d'avoir pour moi le plus grand respect; et si dans ses discours il avait pu mêler quelques paroles qui tendissent à me faire manquer à mes devoirs, je l'aurais congédié à l'instant même.

Fouché, d'ailleurs, n'avait recherché ma main que parce que mon frère aîné occupait le premier rang sur la scène politique. Ce titre de beau-frère de Robespierre flattait son orgueil et son ambition; à en juger par la conduite que cet homme a tenue depuis, tout était calcul chez lui, et, s'il a feint de m'aimer, c'est qu'il y voyait son intérêt. Que serais-je devenue si j'avais épousé un pareil être?

A son retour à Paris, mon jeune frère se logea chez son collègue Record, et ne mit point les pieds à la maison (1). Il était outré contre moi. De mon côté, je ne concevais rien à sa conduite à son égard; il m'avait chassée d'auprès de lui (car j'ignorais encore l'affreuse trahison de madame Ricord), il ne voulait plus voir; que penser d'un changement si étrange?

Il repartit pour l'armée d'Italie sans que je l'eusse vu. Je n'avais pas osé parler de notre dif-

(1) Charlotte Robespierre et son jeune frère demeuraient ensemble avant leur brouille.

férend à Maximilien ; je le voyais si occupé! tous ses momens étaient comptés. Mon jeune frère lui raconta tout, et non seulement lui parla de mon brusque départ de Grasse comme d'une rupture ouverte envers lui, mais lui dit que j'avais fait courir sur son compte et sur celui de madame Ricord des bruits qui portaient atteinte à l'honneur de l'un et de l'autre. Madame Ricord et une madame Gesnel, sa digne amie, avaient effectivement fait accroire à Robespierre jeune que je l'avais calomnié, ainsi que la femme de son collègue. Quelle noirceur! quelle monstruosité! Maximilien ne me parla de rien, mais je vis qu'il était mécontent de moi. J'aurais dû lui demander une explication, ainsi qu'à mon jeune frère; la pureté de ma conscience m'en empêcha : qu'avais-je à me reprocher? rien ; je laissai au temps le soin de ma justification. D'ailleurs, ne sachant pas ce qui pouvait mécontenter contre moi mes frères, ne pouvant soupçonner une méchanceté aussi raffinée dans madame Ricord, je ne croyais pas que leurs griefs contre moi fussent aussi graves. Ce n'est qu'après le 9 thermidor que l'affreuse vérité me fut connue; tout me fut dévoilée alors; alors seulement je pus m'expliquer la conduite de mes frères envers moi; mais il n'était plus temps de me justifier, mes ennemis triomphaient.

Pendant mon second séjour à l'armée d'Italie, Robespierre jeune eût l'occasion de se lier assez étroitement avec Bonaparte. Durant sa première mission, il avait fait ainsi que moi, sa connaissance, mais ne l'avait pas cultivée aussi particulièrement que pendant la seconde. Bonaparte avait une très haute estime pour mes deux frères, et surtout pour l'aîné; il admirait ses talens, son énergie, la pureté de son patriotisme et de ses intentions. Alors Bonaparte était sincèrement républicain, je dirai même qu'il était républicain montagnard; du moins il m'a fait cet effet par la manière dont il envisageait les choses à l'époque où je me trouvai à Nice. Ses victoires dans la suite, lui tournèrent la tête, et le firent aspirer à dominer ses concitoyens; mais lorsqu'il n'était que général d'artillerie à l'armée d'Italie, il était partisan d'une liberté large et d'une véritable égalité.

Une chose qui n'a été rapportée, que je sache, par aucun historien de la révolution, c'est qu'après le 9 thermidor Bonaparte proposa aux représentans du peuple qui se trouvaient en mission à l'armée d'Italie, et qui avaient succédé à mon jeune frère et à Ricord, de marcher sur Paris pour châtier les auteurs du mouvement contre-révolutionnaire qui a fait périr mes deux frères. Cette proposition hardie, et qui révélait dans celui qui la faisait un courage, une portée d'esprit, un patriotisme extraordinaires, épouvanta les représentans qui se hâtèrent de la repousser.

L'admiration de Bonaparte pour mon frère aîné, son amitié pour mon jeune frère, et peut-être aussi l'intérêt que mes malheurs lui inspirèrent, me firent obtenir une pension sous le consulat. J'avais connu madame Bonaparte lorsqu'elle était l'épouse du général Bauharnais ; elle m'avait alors témoigné beaucoup d'attachement; et, après le 9 thermidor, j'avais continué à la voir. Pendant quelque temps encore elle me reçut avec les mêmes égards, mais bientôt je m'aperçus d'un changement dans l'accueil qu'elle me faisait. La froideur et l'indifférence que j'avais remarquées en elle redoublèrent au point que je crus de ma dignité de cesser des visites qui me paraissaient lui être à charge. Plusieurs fois sa porte m'avait été refusée ; un jour que je la rencontrai, je lui exprimai mon étonnement à ce sujet; elle me fit mille excuses, et les accompagna de tant de démonstratious d'amitié, que je crus ingénument que si je n'avais pu pénétrer jusqu'à elle c'était l'effet d'un malentendu. « Lorsque vous voudrez m'honorer de votre visite, me dit-elle, nommez-vous, et aussitôt ma porte vous sera ouverte ». Je me rappelai cette recommandation, lorsque quelques jours après je me rendis chez madame Bonaparte; le concierge m'ayant dit qu'elle n'y était point, je me nommai, en lui disant que madame Bonaparte elle-même m'avait recommandé de décliner mon nom, et qu'aussitôt je serais reçue. « Eh! mademoiselle, me répond le concierge d'un ton moitié sec, madame dit la même chose à tout le monde, et elle n'y est pour personne.» C''était toute l'insolence d'une grande dame de la cour de Louis XV.

Lorsque Bonaparte fut premier consul on me conseilla de lui demander une audience. Je n'avais aucunes ressources; depuis la mort de mes frères je recevais l'hospitalité de mon respectable et excellent ami, M. Mathon, qui avait été leur ami et qui était d'Arras comme nous. Bonaparte me reçut parfaitement, me parla de mes frères en des termes très flatteurs, et me dit qu'il était prêt à tout faire pour leur sœur : « Parlez, que voulez-vous?» me dit-il. Je lui exposai ma position; il me promit de la prendre en considération; en effet, quelques jours après je reçus le brevet d'une pension de 3,600 francs.

. . . . (1).

(1) Ce qu'on va lire ne se rattache en rien à ce qui précède et à ce qui suit; je l'intercale ici parce que je n'ai

J'ai souvent vu le nom de mon frère accolé à celui de Marat, comme si la manière de voir, les sympathies, les actes de ces deux homme fussent les mêmes, comme s'ils eussent marché de concert. C'est ainsi que l'on met côte à côte les portraits et les bustes de Voltaire et de Rousseau, comme si ces deux grands écrivains eussent été de leurs vivant les meilleurs amis du monde, tandis qu'ils ne pouvaient se souffrir. Je ne prétends par rabaisser le mérite de Marat, ni porter atteinte à la pureté de son dévouement et de ces intentions. On osé dire qu'il était vendu à l'étranger; mais ne l'a-t-on pas dit de mon frère? Le champ de l'absurde est immense et sans bornes. N'a-t-on pas dit de Maximilien Robespierre qu'il avait demandé en mariage la jeune fille de Louis XVI? Après une semblable accusation rien ne doit plus étonner; il faut s'attendre aux plus burlesques, comme aux plus invraisemblables assertions c'est le *nec plus ultrà* de la sottise.

Je reviens à Marat, et j'ose affirmer qu'il n'était point agent de l'étranger, comme on a bien voulu le dire; Marat avait senti vivement les infamies de l'ancien régime et les misères du peuple; son

pas trouvé occasion de le placer dans une autre partie de ces Mémoires. L.

imagination de feu et son tempérament irascible en avait fait un révolutionnaire ardent, et trop souvent même imprudent, mais ses intentions étaient bonne, je le répète.

Mon frère désapprouvait ses exagérations et ses emportemens, et croyait, il me la dit plnsieurs fois, que la marche adoptée par Marat était plutôt préjudiciable qu'utile à la révolution. Un jour Marat vint voir mon frère. Cette visite nous surprit, car habituellement Marat et Robespierre n'avait aucun rapport ensemble. Ils causèrent d'abord des affaires en géneral, puis de la tournure que prenait la révolution; enfin, Marat entama le chapitre des rigueurs révolutionnaires, et se plaignit de la douceur et de l'excessive indulgence du gouvernement. « Tu es l'homme que j'estime peut-» être le plus au monde, dit Marat à mon frère, » mais je t'estimerais davantage si tu étais moins » modéré à l'égard des aristocrates.—Je te ferai le » reproche contraire. répondit mon frère, tu » compromet la révolution, tu la fais haïr en de-» mandant des têtes. L'échafaud est un moyen » terrible et toujours funeste; il faut en user so-» brement, et seulement dans les cas graves où la » patrie penche vers sa ruine.—Je te plains, dit » alors Marat, tu n'es pas à ma hauteur.— Je se-» rais bien fâché d'être a ta hauteur, répliqua Ro-

» bespierre. — Tu ne me conprends pas, reprend
» Marat, nous ne pourons jamais marcher en-
» semble. — C'est possible, dit Robespierre, et les
» choses n'en iront que mieux. — Je regrette que
» nous ne puissions nous entendre; ajouta Marat,
» car tu es l'homme le plus pur de la Convention.»

. . . .

Nous étions à la veille d'évènemens très graves à Paris. Il était nécéssaire que tous les patriotes purs se trouvassent à leur poste. Robespierre jeune revint siéger sur les bancs de la Convention pour lutter contre les ennemis du peuple. Cette fois encore il ne vint pas loger dans l'appartement que nous occupions en commun. Il semblait fuir ma présence. Je l'avoue, j'étais indignée contre lui; que lui ai-je fait, me disais-je, pour me traiter ainsi, pour qu'il dise à qui veut l'entendre, que je suis indigne de lui, que je me suis mal conduite à son égard, que je ne mérite plus son estime? C'est alors que je lui écrivis la lettre que Levasseur a rapportée dans ses Mémoires. Seulement je dois dire qu'elle n'était point aussi acerbe et aussi violente, et que très certainement les ennemis de mes frères y ont ajouté plusieurs phrases, et en ont exagéré d'autres pour rendre odieux Maximilien Robespierre, à qui ils on supposé que je l'avais écrite. Je dois donc déclarer premièrement, que cette lettre a été adressée à mon jeune frère, et non à Maximilien; secondement qu'elle renferme des phrases apocryphes que je ne reconnais point pour les miennes; troisièmement enfin, que cette lettre ne devait pas être connue du public, que c'était une affaire entre mon jeune frère et moi, et que ceux qui l'ont publiée se sont rendus coupables d'une odieuse indiscrétion que je ne puis trop flétrir (1).

Je n'ai plus revu mon jeune frère. Une ou deux fois seulement je me suis trouvée avec Maximilien mais en présence de plusieurs personnes, en sorte qu'il m'a été impossible de lui parler des nuages

(1) Cette lettre, rapportée inconsidérément par Levasseur, tout-à-fait innocent du reste, j'en suis persuadé, était pour Charlotte Robespierre un objet de tourment continuel; l'idée qu'on pourrait croire qu'elle l'avait écrite telle qu'elle est, et qu'elle avait été effectivement adressée à Maximilien Robespierre, la mettait au supplice. Toutes les fois que je la voyais, elle m'en parlait. Un jour nous la lûmes ensemble, et je la priai de m'indiquer les passages qu'elle n'avait point écrits, et que d'infâmes faussaires avaient ajoutés : je publie cette lettre aux Pièces justificatives (*Voir* la note 7), et j'ai souligné les passages qui m'ont été indiqués par Charlotte Robespierre comme ayant été exagérés ou changés. L.

qui s'étaient élevés entre Augustin et moi. Je les savais l'un et l'autre entièrement absorbés par les dangers qui menaçaient la chose publique : j'ajournai toute explication.

Le 9 thermidor approchait.

Maximilien Robespierre ne paraissait plus au comité de salut public. Il avait remarqué dans le sein de ce comité des hommes qui se faisaient un plaisir de prolonger l'état violent où se trouvait la France. Cet état violent avait été nécessaire pour déjouer les complots des aristocrates et des agens de Pitt et Cobourg ; mais une fois que les ennemis de la révolution était vaincus, il était indispensable de mettre un terme aux rigueurs que les dangers de la patrie avaient nécessitées, et il devait arriver une époque où l'ordre légal succèderait au régime révolutionnaire.

Cette époque, Maximilien Robespierre la croyait arrivé. Il voulait donc combler le gouffre, et substituer la clémence à la rigueur. Mais ses collègues du comité n'envisageaient pas les choses ainsi ; Collot-d'Herbois, et Billaud-Varennes surtout, voulaient rendre la terreur permanente, ou tout au moins voulaient la prolonger indéfiniment. Cette divergence d'opinion avait allumé des discussions très vives dans le sein du comité, et Maximilien avait formé la résolution de s'en exiler jusqu'à ce qu'il eût été purgé des membres qui ne pensaient pas comme lui.

La fête à l'Etre suprême, dont mon frère aîné avait été pour ainsi dire l'auteur, l'âme, l'ordonnateur, et qui montrait qu'il voulait fonder la république sur la morale, et la morale sur l'idée consolante de l'existence de Dieu et de l'immortalité de l'âme, cette fête si sublime par le but que se proposait mon frère, en la célébrant, avait été le signal du déchaînement de ses ennemis. Tout ce qu'il y avait d'impur et de corrompu dans le sein de la Convention et hors de la Convention, se ligua contre le vertueux Maximilien. Non seulement cette ligue se recruta de beaucoup de Montagnart qui avait constamment combattu avec lui contre les partisans de la royauté, mais elle reçut dans ces rangs les débris du parti Girondin et du parti Danton.

Un des plus forts grief que l'on mit en avant contre mon frère, fut d'avoir sacrifié Danton. Je ne sais pas si cette accusation est fondée, mais tout ce que je sais, c'est que mon frère aimait beaucoup Camille Desmoulins, avec qu'il avait fait ses études, et que lorsqu'il apprit son arrestation et son incarcération au Luxembourg, il se rendit dans cette prison avec l'intention de supplier Camille de revenir au véritables principes révolutionnaires qu'il avait abandonnés pour faire alliance avec les aristocrates. Camille ne voulut point le voir; et mon frère, qui probablement aurait pris sa défense et l'aurait peut-être sauvé, s'il avait pu le déterminer à abjurer ses hérésies politiques, l'abandonna à la terrible justice du tribunal révolutionnaire. Or, Danton et Camille étaient trop intimement liés pour qu'il en sauvât un sans sauver l'autre; si donc, Camille ne l'avait point repoussé au moment où il lui tendait les les bras, Camille et Danton n'eussent point péri.

Danton et Maximilien Robespierre avait marché long-temp de concert; le seul amour de la patrie avait pu rapprocher l'un de l'autre ces deux hommes; car, tout en eux différait: mœurs, habitudes, manières, tempérament, esprit, éloquence. Danton avait un tempérament insatiable de jouissances; ses mœurs étaient dissolues, il etait ce qu'on appelle *bourreau d'argent*; ses fameux dîners à trois cent francs par tête sont assez connus; mon frère aîné, au contraire, était chaste et sobre; ses goûts et ses plaisirs étaient simples, Danton avait dilapidé les fonds de l'Etat pour subvenir à ses dépenses énormes; Robespierre était tellement économe des deniers publics, qu'il ne toucha jamais intégralement la subvention à laquelle il avait droit comme membre de la Convention (1). Le premier, dans ses monières; ne conservait pas toute la dignité qui convient au représentant d'un grand peuple; sa toilette était en désordre. La tenue de Robespierre était parfaite; il était grave sans flerté; sa mise, sans être recherehée, était d'une propreté extrême. Danton avait un esprit fougueux, une éloquence désordonné qui produisait sur le moment le plus grand effet; mon frère avait un esprit sage et posé, qui envisageait et pesait froidement les choses: ce qu'il y avait de remarquable dans ses descours, c'était moins les grands éclats de voix et les figures extraordinaires, qu'ne logique vigoureuse et impitoyable. L'impression ne diminuant en rien valeur intrinsèque, tandis que ceux de Danton perdait toujours à être lus.

Sans être aussi intimement lié avec Danton qu'il l'avait été avec Pétion, Robespierre eut avec le premier des relations de bonne amitié. Je fus plusieurs fois témoin de leurs entrevues; ils s'entretenaient avec une grande effusion de cœur; leurs conversations roulaient presque toujours sur la

(1) Les membres de cette assemblée n'ayant point été choisis dans la classe riche, et ne pouvant subvenir à leurs besoins par le travail à cause de leurs fonctions de représentans du peuple, devaient nécessairement être rétribués. L.

chose publique. Avant la condamnation à mort de Louis XVI, l'issue du procès les occupait beaucoup; ils se concertaient pour que le monarque qui avait trahi la France avec autant de perfidie ne pût jouir de l'impunité, et reçût le châtiment de ses crimes. Après le 21 janvier, et lorsque l'audace des Girondins fut devenue intolérable, ils tournèrent toutes leurs batteries contre eux, je les entendais dire que si l'on n'en finissait promptement avec la faction de la Gironde, la révolution avorterait. Dans la suite, et lorsque l'immolation des vingt-deux Girondins était consommée, ils se brouillèrent sur la manière de constituer la république. On conçoit que si deux hommes comme Robespierre et Danton avaient été d'accord pour détruire, ils ne pouvaient guère être d'accord pour réédifier ; leur idées en morale étaient diamétralement opposées ; or, leurs idées politiques devaient de toute nécessité être également en désaccord. Voilà la véritable cause de la rupture de mon frère aîné et de Danton.

Il faut ajouter à cette première cause, l'opposition très hostile que Danton faisait au gouvernement révolutionnaire. Il n'était pas une mesure du comité de salut public ou du comité de sûreté générale qu'il ne critiquât amèrement, quand il ne l'attaquait pas avec son énergie accoutumée, énergie qui, d'hostile qu'elle était naguère aux aristocrates, leur était devenue pour ainsi dire favorable, puisqu'elle était dirigée contre un gouvernement que l'aristocratie battait en brèche de toutes les manières.

Camille avait été pour le moins aussi ami de Robespierre que de Danton. Mon frère avait pour lui une amitié très vive; souvent il m'a dit que Camille était peut-être celui de tous les révolutionnaires marquans qu'il aimait le plus, après notre jeune frère et Saint-Just. Desmoulins était un véritable patriote, et avait plus de vertu que Danton; sans en avoir autant que mes deux frères; il avait les qualités les plus aimables, mais aussi quelques défauts qui causèrent sa perte; il était orgueilleux et irascible: dès qu'il se croyait offensé il ne pardonnait plus, et faisait jouer contre ceux dont il croyait avoir à se plaindre les redoutables traits d'une critique mordante et acerbe.

Des hommes qui étaient loin de le valoir pour le patriotisme et pour le talent, et qui étaient jaloux de sa gloire, le calomnièrent et l'accusèrent d'être vendu aux aristocrates; il n'en fallut pas davantage pour que le bouillant Camille se déchaînât, et contre ceux qui l'attaquaient, et contre ceux qui, sans l'avoir attaqué, suivaient la même ligne de conduite que ses calomniateurs.

Voilà pourquoi, au lieu de repousser les imputations de quelques membres des comités qui étaient ses ennemis personnels, il attaqua les comités en masse, fronda leurs actes, révoqua en doute la pureté de leurs intentions, et se rapprocha même des aristocrates. Les calomnies redoublèrent, ou plutôt les mensonges qu'on avait débités contre lui lorsqu'il était irréprochable devinrent des vérités, lorsque, par ressentiment, il eut cessé d'être pur. De jour en jour il se sépara davantage de ses anciens amis, fit cause commune avec Danton, et, se laissant aveugler par les éloges sans nombre que les aristocrates lui prodiguaient à cause de ses hostilités avec les plus terribles révolutionnaires, il devint réellement, l'acolyte de l'aristocratie.

Le malheureux Camille tournait dans un cercle vicieux : les ennemis de la révolution l'élevaient jusqu'aux nues, vantaient ses principes, son éloquence, sa modération. Toutes ces louanges le rendait suspect aux yeux des véritables démocrates ; ses ennemis en faisaient des armes contre lui, et disaient : Camille est contre-révolutionnaire. Camille, que cette accusation mettait hors de lui, se ruait avec plus de fureur contre ceux qui l'accusaient, et les aristocrates redoublaient d'éloges.

C'est alors que Desmoulin publia son *Vieux Cordelier*, où il faisait pour ainsi dire le procès à tous les révolutionnaires, et, par contre, à la révolution. C'était une haute imprudence de sa part ; c'était plus, c'était un crime. Mon frère aîné me dit tristement à ce sujet : « Camille se perd. » Il ressentait un très vif chagrin de le voir déserter la sainte cause de la révolution, et, au risque de se compromettre lui-même, il prit plusieurs fois sa défense; plusieurs fois aussi il essaya de le ramener, et lui parla comme à son frère, mais inutilement. Dans une des séances de la Société des Jacobins, où une explosion de reproches et d'accusations tombait sur Camille Desmoulins et sur son *Vieux Cordelier*, Maximilien prit la parole, et tout en blâmant énergiquement l'écrit chercha à justifier l'auteur. Malgré son immense popularité et son influence extraordinaire, des murmures accueillirent ses paroles. Alors il vit qu'en voulant sauver Camille il se perdait lui-même. Camille ne lui tint pas compte des efforts qu'il avait faits pour repousser les accusations dont il était l'objet ; il ne se rappela que du blâme qu'il avait déversé sur son *Vieux Cordelier*, et dès lors il dirigea mille diatribes acrimonieuses contre mon frère.

Les ennemis de mon frère se servirent avec tant

d'habilité de l'arme de la calomnie, que bientôt la convention entière fut contre lui. Aux modérés, ils disaient que Robespierre voulait noyer la France dans le sang, et ils le rendaient responsable à leurs yeux de toutes les exécutions qui se faisaient à Paris, depuis qu'il ne se mêlait plus en rien des affaires du gouvernement; aux exagérés, au contraire, à ceux qui comme eux voulait la terreur *quand même*, ils disaient que mon frère était modéré, qu'il voulait briser le glaive avec lequel on combattait les contre révolutionnaires; enfin, qu'il était l'ennemi de la révolution. Et de si absurdes mensonges trouvaient des âmes crédules qui y ajoutaient foi. On voit que la ligue qui triompha en thermidor se composait de deux élémens, de scélérats qui avaient soif du sang de mes frères, et qui persuadaient aux niais qu'ils étaient des monstres, et de niais qui, sans être méchans, pactisaient avec les méchans et se laissaient guider par eux.

Il y avait plus d'un mois que mon frère aîné n'avait paru à la tribune de la Convention. Son devoir, sa conscience, tout lui ordonnait de dénoncer les hommes qui avaient déserté la bonne cause. Il prit donc la parole le 8 thermidor, et prononça un fort beau discours, où il exposa la vérité dans tout son jour. Ses ennemis firent décréter que ce discours, dans lequel il dénonçait les membres du comité de salut public et du comité de sûreté générale, serait renvoyé à l'examen de ces deux comités. Quelle dérision! Maximilien vit que pendant son absence on avait surpris la religion de la Convention. Cet échec était l'avant-coureur de la catastrophe du lendemain.

Les Jacobins toujours purs, applaudirent avec enthousiasme le discours de mon frère, dont il leur fit la lecture le soir, et promirent de le soutenir contre ses ennemis. La commune se prononça également en faveur de Maximilien contre ceux de ses collègues qui avaient juré sa perte. Saint-Just arriva de l'armée, et convint avec mon frère et le petit nombre de députés fidèle à la cause du peuple, tels que Gouthon, Lebas, etc., que dans la séance prochaine il renouvelerait contre les membres des comités l'accusation qui avait échoué dans la séance du 8.

Le 9 thermidor, en effet, Saint-Just monta à la tribune; mais à peine eut-il prononcé quelques mots, que la parole lui fut retirée pour être donnée à ceux qui conspiraient contre lui, contre mes frères, contre tous les bons Montagnards, ou plutôt contre le peuple, dont ils étaient les représentans les plus purs. Durant toute la séance il fut impossible à mes malheureux frères et à leurs amis de faire entendre une seule parole de justification. Ils furent décrétés d'arrestation. Mais, pendant qu'on les conduisait en prison, le peuple les délivra et les conduisit en triomphe à l'Hôtel-de-Ville,

C'est alors que les thermidoriens firent prononcer le décret de mise hors la loi contre eux. Rien n'était perdu encore; un peuple immense était rassemblé sur la place de l'Hôtel-de-Ville et dans les rues environnantes. Mon frère, dont l'influence était sans bornes sur ce peuple qui l'adorait, n'avait qu'à dire un mot, et cent mille hommes marchaient sur la Convention. Mais son respect pour la représentation nationale était si grand, qu'il aima mieux périr que de porter atteinte à son inviolabilité. Les thermidoriens dirigèrent contre l'Hôtel-de-Ville les forces militaires qui étaient à la disposition de la Convention. Le terrible décret de mise hors la loi dispersa tous les hommes qui s'étaient rangés autour de mon frère pour le défendre. On se saisit de sa personne..... mais je ne puis continuer ce récit; l'histoire suppléera au silence de ma douleur.

Le lendemain, 10 thermidor, je m'élance dans rues, la tête toute troublée et le désespoir dans le cœur; j'appelle, je cherche mes frères. J'apprends qu'ils ont été conduits à la Conciergerie. J'y cours, je demande à les voir, je le demande à mains jointes; je me traîne à genoux devant les soldats; ils me repoussent, se rient de mes pleurs, m'insultent, me frappent. Quelques personnes, émues de pitié m'entraînent. Ma raison était égarée. Je ne sais ce qui se passa, ce que je devins; ou plutôt je le sus plusieurs jours après; quand je revins à moi j'étais dans une prison.

Une dame était avec moi. Elle affectait de prendre le plus grand intérêt à mon sort. Elle m'apprit que plusieurs personnes avaient été arrêtées en même temps que moi et à cause de moi, et que probablement elles monteraient avec moi sur l'échafaud. Abîmée comme je l'étais dans la douleur, je tenais peu à la vie; j'aurais regardé la mort comme un bienfait; mais les chagrins dont j'étais devorée redoublaient à l'idée que j'entraînerais dans la tombe plusieurs personnes dont tout le crime était de s'être intéressées à mon malheur, ou de m'avoir connue avant le 9 thermidor. Ma compagne de captivité me représenta alors qu'il dépendait de moi de les sauver, et de me sauver moi-même; que je n'avais qu'à écrire aux membres des comités qui étaient sortis vainqueurs de la dernière lutte, pour implorer leur grâce. Je repoussai ce conseil avec indignation.

« Alors, me dit mon artificieuse compagne qui remplissait auprès de moi l'office de mouton, alors vous périrez, et avec vous, douze à quinze victimes, au nombre desquelles je serai.» Pendant quinze jours elle me tourmenta pour écrire. « Si ce n'est pas pour vous, faites le du moins me répétait-elle, pour les infortunés qui ont été arrachés à leurs familles, à tout ce qui leur est chère, uniquement à cause de vous, et qui périront parce que vous le voulez.»

Vaincue à la fin par les obsessions de cette femme, et la croyant mon amie, d'après toutes les protestations qu'elle me faisait, je lui dis : «Eh bien! écrivez, je signerai.» Elle s'empressa d'écrire, je ne sais quoi; elle me présenta le papier; j'y apposai ma signature sans en lire le contenu, tant j'étais abattue et désolée. La lettre partit, et le lendemain je fus mise en liberté, ainsi que ma compagne, que je ne revis plus.

Qu'aura-t-elle pu écrire en mon nom? on m'avait mise en prison parce que, disaient mes persécuteurs, j'avais trempé dans la conspiration de mon frère contre la chose publique; quels argumens aura-t-elle invoqués pour me justifier? hélas! je crains trop que, profitant de mon affreuse situation, de mon abattement, de mon désespoir, et de l'égarement de mes esprits, elle ne m'ait fait signer un écrit qui renfermait des choses indignes de moi et que mon cœur réprouve. Je ne sais si les lâches thermidoriens auront fait usage de cet écrit; dans tous les cas, ils en sont bien capables, eux qui ont anéanti les papiers de Maximilien et qui ont substitué à la place d'autres papiers, où ils lui ont fait dire ce qu'ils ont voulu. C'était mettre le comble à tous leurs attentats.

FIN DES MÉMOIRES.

NOTES

ET

PIÈCES JUSTIFICATIVES.

Nº 1.

Dédicace de Maximilien Robespierre aux mânes de Jean-Jacques Rousseau.

C'est à vous que je dédie cet écrit, mânes du citoyen de Genève! Que s'il est appelé à voir le jour, il se place sous l'égide du plus éloquent et du plus vertueux des hommes. Aujourd'hui plus que jamais nous avons besoin d'éloquence et de vertu. Homme divin! tu m'as appris à me connaître; bien jeune, tu m'as fait apprécier la dignité de ma nature, et réfléchir aux grands principes de l'ordre social. Le vieil édifice s'est écroulé; le portique d'un édifice nouveau s'est élevé sur ses décombres et, grâces à toi, j'y ai apporté ma pierre. Reçois donc mon hommage; tout faible qu'il est, il doit te plaire; je n'ai jamais encensé les vivans.

Je t'ai vu dans tes derniers jours, et ce souvenir est pour moi la source d'une joie orgueilleuse; j'ai contemplé tes traits augustes, j'y ai vu l'empreinte des noirs chagrins auxquels t'avaient condamné les injustices des hommes. Dès lors j'ai compris toutes les peines d'une noble vie qui se dévoue au culte de la vérité, elles ne m'ont pas effrayé. La confiance d'avoir voulu le bien de ses semblables est le salaire de l'homme vertueux; vient ensuite la reconnaissance des peuples qui environne sa mémoire des honneurs que lui ont donnés ses contemporains. Comme toi, je voudrais acheter ses biens au prix d'une vie laborieuse, au prix même d'un trépas prématuré.

Appelé à jouer un rôle au milieu des plus grands évènemens qui aient jamais agité le monde; assistant à l'agonie du despotisme et au réveil de la véritable souveraineté, près de voir éclater des orages amoncelés de toutes parts, et dont nulle intelligence humaine ne peut deviner tous les résultats, je me dois à moi-même, je devrai bientôt à mes concitoyens compte de mes pensées et de mes actes. Ton exemple est là, devant mes yeux. Tes admirables *Confessions*, cette émanation franche et hardie de l'âme la plus pure, iront à la postérité moins comme un modèle d'art, que comme un prodige de vertu. Je veux suivre ta trace vénérée, dussé-je ne laisser qu'un nom dont les siècles à venir ne s'informeront pas; heureux si, dans la périlleuse carrière qu'une révolution inouie vient d'ouvrir devant nous, je reste constamment fidèle aux inspirations que j'ai puisé dans tes écrits.

N° 2.

Lettre de Charlotte Robespierre au rédacteur de l'Universel.

24 mai 1830.

MONSIEUR,

Dans votre numéro du 5 de ce mois, vous contestez l'authenticité des *Mémoires de Maximilien Robespierre*. En général, il n'y a rien à répliquer à la justesse de votre raisonnement; mais il est dans cet article une phrase ainsi conçue : « Toutefois l'éditeur a cherché des documens fidèles, et « si ce qu'on m'a dit est exact, il aura pu s'en « procurer. Une sœur aînée de Robespierre végète « à Paris, dans le coin le plus obscur d'un faubourg, et cette femme est accablée d'années, de « misère, et du poids de son funeste nom. En « achetant d'elle quelques souvenirs non effacés, « il n'a pas été difficile de suppléer à ce que d'au-

« tres biographes ont omis de rectifier, des er-
« reurs de faits, des erreurs de dates, etc., etc.»

Ce qu'on vous a dit, Monsieur, est non seulement inexact, mais cela est faux. Il est vrai que la sœur de Maximilien Robespierre, non son aînee, mais sa puinée d'une vingtaine de mois, végète, accablée de misère, d'années, et, vous auriez pu ajouter, de graves et douloureuses infirmités, dans un coin obscur de la patrie qui la vit naître; mais elle a constamment repoussé les offres des intrigans qui, dans le laps de trente-six ans, ont tenté à divers reprises de trafiquer de son nom; mais elle n'a rien vendu à personne; mais elle n'a aucun rappport direct ou indirect avec l'éditeur des prétendus *Mémoires* de son frère; et ceux qui ont dit que Maximilien Robespierre avait connu le besoin dans son enfance, et qu'il avait été enfant de chœur de la cathédrale d'Arras, sont des imposteurs.

Je regarde, Monsieur, comme injurieuse à mon honneur et à ma probité, l'idée qu'on ait pu *acheter* de moi des *souvenirs non effacés*. J'appartiens à une famille à laquelle on n'a pas reproché la vénalité. Je vais rendre au tombeau le nom que je reçus du plus vénérable des pères, avec la consolation que personne au monde ne peut me reprocher un seul acte, dans le long cours de ma carrière, qui ne soit conforme à ce que prescrit l'honneur. Quand à mes frères, c'est à l'histoire à prononcer définitivement sur eux; c'est à l'histoire à reconnaître un jour si réellement Maximilien est coupable de tous les excès révolutionnaires dont ses collègues l'ont accusé après sa mort. J'ai lu dans les annales de Rome que deux frères aussi furent mis hors la loi, massacrés sur la place publique, que leurs cadavres furent traînés dans le Tibre, leurs têtes payées au poids de l'or; mais l'histoire ne dit pas que leur mère qui leur survécut ait jamais été blâmée d'avoir cru à leur vertu.

Monsieur, j'ai l'honneur de vous saluer,

ROBESPIERRE.

N° 3.

Réponse de M. Fosseux à une lettre que lui écrivit Maximilien Robespierre en lui envoyant un exemplaire de l'éloge de Gresset.

Du chantre de Vert-Vert je prisais les talens :
Mon oreille, attentive à ses tendres accens,
Ne pouvait se lasser d'écouter cette lyre
Que n'inspira jamais un coupable délire.
Mais combien il paraît plus sublime à mes yeux
Depuis que, possesseur d'un écrit précieux,
Je puis, guidé par toi, mieux régler mon suffrage.
Quoi! ce touchant éloge où tu lui rends hommage,
Où tu peins son esprit, son style intéressant,
A ses concitoyens parut insuffisant!
Qu'ils craignent que par eux, sa cendre révérée
N'obtienne pas la gloire à Gresset préparée.
Que fallait-il de plus pour l'honneur d'un mortel?
Pour l'honneur de Gresset fallait-il un autel!
Mais contre cet arrêt tandis que je réclame,
Cet arrêt rigoureux n'irrite point ton âme.

Pleinement insensible à sa sévérité,
Tu ne veux de vengeur que la postérité.
Je parle de vengeur, et cette modestie,
La compagne fidèle et le sceau du génie,
Daigne te prodiguer son soin consolateur,
Et porte un calme pur dans le fond de ton cœur.
Ne va pas cependant vouloir priver ta tête
Des lauriers immortels que la gloire t'apprête;
Songe, tu le dois, songe à ces infortunés,
A la honte, à l'opprobre, aux affronts condamnés:
Ils t'invoquaient tout bas au sein de l'infamie,
Ils demandaient la mort, tu les rends à la vie.
Un préjugé cruel s'évanouit à ta voix (1),
Son fatal pouvoir cède à de plus douces lois.
Va, poursuis ta carrière, une telle victoire
Te permets de monter au temple de mémoire.
Oubliant, toutefois, tes destins glorieux,
Sur mon obscurité tu viens porter les yeux;
Et dans mon cœur le tien demande à trouver place.
C'est acte de justice, et tu l'appelles grâce!
Tu n'oses prononcer ce nom doux et flatteur
Qui convient à ta bouche et convient à ton cœur.

(1) M. de Fosseux fait allusion ici au discours de Maximilien, qui fut couronné par la Société des Arts et des Sciences de Metz.

Ne crains rien : dans mes bras vole avec assurance ;
Appui des malheureux, vengeur de l'innocence :
Tu vis pour la vertu, pour la douce amitié,
Et tu peux de mon cœur exiger la moitié.

N° 4.

Remercîmens à MM. de la Société des Rosatis.

AIR : *Résiste-moi, belle Aspasie.*

Je vois l'épine avec la rose,
Dans les bouquets que vous m'offrez (*bis*) ;
Et, lorsque vous me célébrez,
Vos vers découragent ma prose.
Tout ce qu'on m'a dit de charmant,
Messieurs, a droit de me confondre :
La rose est votre compliment,
L'épine est la loi d'y répondre (*bis*).

Dans cette fête si jolie,
Règne l'accord le plus parfait (*bis*).

On ne fait pas mieux un couplet,
On n'a pas de fleur mieux choisie.
Moi seul, j'accuse mes destins
De ne m'y voir pas à ma place ;
Car la rose est, dans nos jardins,
Ce que vos vers sont au Parnasse (*bis*).

A vos bontés, lorsque j'y pense,
Ma foi, je ne vois pas d'excès (*bis*) ;
Et le tableau de vos succès
Affaiblit ma reconnaissance.
Pour de semblables jardiniers,
Le sacrifice est peu de chose ;
Quand on est si riche en lauriers,
On peut bien donner une rose (*bis*).

MAXIMILIEN ROBESPIERRE.

N° 5.

Jugement de Charlotte Robespierre; sur un portrait de son frère aîné.

Ce portrait n'est qu'une ignoble caricature, il ne ressemble en rien à Maximilien Robespierre. on a autant dénaturé sa physionomie et ses traits que ses lâches ennemis ont dénaturé son caractère.

Ceux qui voudront examiner sans prévention les jugemens que les historiens ont portés de mon frère aîné, verront avec quelle révoltante partialité ils ont écrit. Cette partialité se reproduit jusque dans les travaux des artistes : on les voit flatter dans leurs compositions la figure des puissans du jour; s'ils peignent tel personnage fort laid, ils en font un Adonis, si ses traits sont ingrats, sans caractère et sans expression, ils se mettent en frais d'imagination pour donner un noble caractère, une expression gracieuse à sa physionomie;

mais quand ils veulent représenter mon frère, ils cherchent sur leur palette les couleurs les plus noires, les plus hideuses, pour peindre ses traits, tandis que sa physionomie respirait la douceur, et avait une expression de bonté dont toutes les personnes qui le voyaient étaient frappées.

N° 6.

Lettre inédite de madame Roland à Maximilien Robespierre.

(Cette lettre a été intercalée dans le texte p. 77 et suiv.)

N° 7.

Lettre de Charlotte Robespierre à son jeune frère.

Votre *aversion* pour moi, mon frère, loin de diminuer comme je m'en étais flattée, est devenue la *haine la plus implacable*, au point que ma vue seule vous inspire de l'*horreur*. Ainsi je ne dois pas espérer que vous soyez jamais assez calme pour m'entendre ; c'est pourquoi je vais essayer de vous écrire.

Abîmée sous le poids de ma douleur, incapable de lier mes idées, je n'entreprendrai pas mon apologie. Il me serait cependant si facile de démontrer que je n'ai jamais mérité en aucune façon d'exciter cette *fureur qui vous aveugle ;* mais j'abandonne le soin de ma justification au temps qui dévoile toutes les perfidies, toutes les noirceurs; alors, quand le bandeau qui couvre vos yeux sera déchiré, si vous pouvez, *dans le désordre de vos passions*, *distinguer la voix du remords*, si le cri de la nature se fait entendre, revenez d'une erreur qui m'est funeste. Ne craignez pas que jamais je vous reproche de l'avoir gardé si long-temps. Je ne m'occuperai que du bonheur d'avoir retrouvé votre cœur. Oh ! si vous pouviez lire au fond du mien ! *que vous rougiriez de l'outrager si cruelle-*

ment! Vous y verriez avec la preuve de mon innocence, que rien ne peut en effacer l'attachement tendre qui me lie à vous, et que c'est le seul sentiment auquel je rapporte toute mes affections. Sans cela me plaindrai-je de votre *haine?* que m'importe à moi d'être haïe par ceux qui me sont indifférens et que je méprise? jamais leur souvenir ne viendra me troubler; mais être haïe de mes frères, moi, pour qui c'est un besoin de les chérir, c'est la seule chose qui puisse me rendre aussi malheureuse que je le suis.

Que cette passion de la *haine* doit être affreuse, puisqu'elle vous aveugle au point de me *calomnier* auprès de mes amis! « Cependant n'espérez pas « dans votre délire pouvoir me faire perdre l'es- « time de quelques personnes vertueuses, unique « bien qui me reste. Avec une conscience pure, « pleine d'une juste confiance dans ma vertu, je « peux vous défier d'y porter atteinte, et j'ose « vous dire qu'auprès des gens de bien qui me « connaissent, vous perdrez votre réputation « plutôt que de nuire à la mienne.»

Il importe donc à votre tranquillité que je sois éloignée de vous ; il importe même, à ce qu'on dit, à la chose publique, que je ne vive pas à Paris... j'ignore encore ce que je dois faire, mais ce qui me semble le plus urgent, c'est de vous débarrasser d'un objet odieux ; ainsi, dès demain, vous pouvez rentrer dans votre appartement sans craindre de m'y rencontrer ; je le quitterai dès aujourd'hui, à moins que vous ne vous y opposiez formellement.

Que mon séjour à Paris ne vous inquiète pas ; je n'ai garde d'associer mes amis à ma disgrâce. le malheur qui me poursuit doit être contagieux, *et votre haine pour moi est trop aveugle pour ne pas se porter sur tout ce qui me portera quelque intérêt :* aussi je n'ai besoin que de quelques jours pour calmer le désordre de mes idées, me décider sur le lieu de mon exil, car, dans l'anéantissement de toutes mes facultés, je suis hors d'état de prendre un parti.

Je vous quitte donc, puisque vous l'exigez; mais, malgré vos injustices, mon amitié pour vous est tellement indestructible, que je ne conserverai aucun ressentiment *du traitement crue que vous me faites essuyer*, lorsque, désabusé tôt ou tard, vous viendrez à prendre pour moi les sentimens que je mérite. Qu'une mauvaise honte ne vous empêche pas de m'instruire que j'ai recouvré votre amitié ; et, en quelque lieu que je sois, *fussé-je même par de-là les mers*, si je puis vous être utile à quelque chose, sachez m'en instruire, et bientôt je serai auprès de vous.

ROBESPIERRE.

P. S. Vous devez penser qu'en quittant votre logement, je prendrai toutes les précautions nécessaires pour ne pas compromettre mes frères. Le quartier qu'habite la citoyenne Laporte, chez laquelle je me propose de me retirer provisoirement, est l'endroit de toute la république où je puis être le plus ignorée.

N° 8.

Inventaire des objets laissés par Charlotte Robespierre à sa mort.

Une commode ancienne en acajou.

Un lit en acajou, une paillasse et deux matelas.

Une petite table en acajou.

Une autre petite table en noyer.

Six chaises et un vieux fauteuil.

Un portrait lithographié de Maximilien Robespierre.

Uu portrait dessiné de Robespierre jeune.

Un portrait en miniature de Joséphine, donné par elle comme gage d'amitié à Charlotte Robesbierre, en 1790. (A cette époque, Joséphine était la femme du général Beauharnais.)

Un portrait lithographié de Laponneraye.

Trois couverts d'argent avec le chiffre de la famille.

Une douzaine de vieilles serviettes, en bon état avec la nappe également.

Six vieilles paires de draps.

Une douzaine de chemises usées.

Une robe ancienne en gros de Naples, et trois autres robes en toile.

Douze tabliers et torchons.

Un poêle et ses tuyaux.

Deux douzaines d'assiettes, plusieurs plats et quelques bouteilles noires.

Une carafe et six verres.

Divers ustensiles de cuisine.

Point d'immeubles, point de rente sur l'État, point de capitaux (1).

(1) Quelle éloquence dans cet inventaire.

N° 9.

Pensées recueillies par Charlotte Robespierre.

Ceux qui cherchent le bonheur dans le faste et la dissipation, ressemblent à ces gens qui préfèrent l'éclat des bougies à la lumière du soleil.

Le vulgaire recherche les grands, non pour leur personne, mais pour leur pouvoir, et ceux-ci l'accueillent par vanité ou par besoin.

On est faible par paresse ou par défiance de soi-même. Malheur à celui qui l'est par ces deux causes ensemble! s'il est simple particulier, il ne sera que nul; s'il est roi, il est perdu.

Le sot a un grand avantage sur l'homme instruit; il est toujours content de lui.

Voulez-vous compter vos amis? tombez dans l'infortune.

De l'esprit au bon sens il y a plus loin qu'on ne pense.

La bravoure est une monnaie de convention; tel qui va chercher hardiment la mort dans les rangs ennemis, tremble devant le fer du bourreau. Il y a de faux braves, comme il y a de faux jetons. A dire vrai, la bravoure est une qualité innée, on ne se la donne pas.

Les vieilles monarchies récrépites ne durent qu'autant que le peuple ne sent pas sa force; de pareils édifices périssent toujours par les fondemens.

Ceux qui recherchent les honneurs ressemblent aux amoureux : la possession en diminue le prix.

Le moyen le plus sûr de rester pauvre est d'être honnête homme.

Avec de l'audace on peut tout entreprendre, on ne peut pas tout faire.

Je préfère la force du raisonnement à l'éloquence du style; des choses valent mieux que des mots.

Dans les révolutions il y a deux sortes de gens, ceux qui les font et ceux qui en profitent.

La vengeance qu'on exerce contre le méchant est une réparation qu'on fait à la vertu.

Celui qui préfère la richesse à la gloire, est un dissipateur qui emprunte à usure et qui se ruine en intérêts.

Les cultes sont à la religion ce que l'appareil est au pouvoir. Le vulgaire mesure le crédit d'un courtisan au nombre de ses laquais ; la populace juge de la puissance du dieu par celle des prêtres.

Les vieillards qui conservent les goûts du jeune âge perdent en considération ce qu'ils gagnent en ridicule.

Un sot n'est qu'ennuyeux, un pédant est insupportable.

L'ordre matériel est extrêmement borné, il faut chercher les vérités dans l'ordre moral.

Le hasard est le seul roi légitime dans l'univers.

L'intérêt qui dirige les hommes d'un pôle à l'autre est un langage qu'ils apprennent sans grammaire.

L'homme supérieur est impassible de sa nature ; on le loue, on le blâme, peu lui importe, c'est sa conscience qu'il écoute.

Il y a des gens qui obligent comme d'autres insultent ; il faut y prendre garde, car on serait forcé de demander raison de leurs bienfaits.

Celui qui ne pratique la vertu que dans l'espérance d'acquérir de la renommée est bien près du vice.

Les folies des autres ne servent jamais à nous rendre sages.

Une belle femme plaît aux yeux, une bonne femme plaît au cœur ; l'une est un bijou, l'autre un trésor.

L'ambition est à l'homme ce que l'air est à la nature ; ôtez l'une au moral et l'autre au physique, il n'y a plus de mouvement (1).

(1) J'ajouterai que l'homme vertueux a l'ambition du bien, et que le méchant n'a que celle du mal. L.

N° 10.

Lettre de Charlotte Robespierre au citoyen Laponneraye, à Sainte-Pélagie.

Paris, 20 février 1834.

Il ne m'est pas facile, mon ami, de vous témoigner le sentiment d'attendrissement que votre procédé me fait ressentir ; la réponse verbale que j'ai faite à votre aimable sœur vous prouve que j'en apprécie toute la grandeur et la délicatesse. Je le répète, vous êtes digne de faire votre offre, et vous ne méritez pas d'être refusé. J'accepte donc du meilleur, du plus humain et du plus tendre des fils (mille fois heureuse la mère d'un tel fils!), j'accepte le quart de votre offre, parce que je crois que cela me suffira, attendu que je reçois deux cents francs par an. Cette amie ne m'a rien promis, mais elle est si régulière à me faire son présent, que je pense qu'elle continuera.

Je recevrai donc de celui qui veut bien avoir pour moi les sentimens d'un fils, que je regarde comme tel, et pour lequel j'avais tant d'affection, je recevrai, non pas seulement avec reconnaissance, c'est une chose toute naturelle, mais avec plaisir. Recevoir avec plaisir! ce mot renferme tout; je crois que vous serez content de moi.

Il me vient quelques pensées dont il faut bien, mon ami que je vous fasse part. Le bien dont vous voulez bien me faire jouir vous coûtera des peines, du travail, des veilles peut-être, enfin des privations, et je vous demande si le cœur d'une mère n'éprouve rien de faire ces réflexions? Néanmoins, je ne m'en dédis pas; votre *non, vous ne me refuserez pas*, m'en a ôté les moyens, car il est irrésistible. Oh! combien mes frères vous eussent aimé!

Adieu. Recevez mes amitiés pour toute votre famille, qui est mienne.

ROBESPIERRE.

Mille choses obligeantes de la part de mademoiselle Mathon.

N° 11.

Testament de Charlotte Robespierre.

Je, Marie-Marguerite-Charlotte Robespierre, soussignée, jouissant de toutes mes facultés intellectuelles, voulant, avant de payer à la nature le tribut que tous les mortels lui doivent, faire connaître mes sentimens envers la mémoire de mon frère aîné, déclare que je l'ai toujours connu pour un homme plein de vertu; je proteste contre toutes les lettres contraires à son honneur qui m'ont été attribuées. Et voulant ensuite disposer de ce que je laisserai à mon décès, j'institue pour mon héritière universelle, mademoiselle Reine-Louise-Victoire Mathon, par laquelle je veux que tout ce que je laisserai soit recueilli en toute propriété.

En foi, fait et écrit de ma main, à Paris, le six février mil-huit-cent-vingt-huit.

Robespierre.

N° 12.

Discours prononcé le 3 août 1834, sur la tombe de Charlotte Robespierre.

Citoyens ?

La sœur du grand Robespierre a cessé de vivre. Ce précieux et dernier débris d'une illustre famille, cette femme angélique, que l'échafaud de themidor avait épargnée, et qui, d'angoisses en angoisses et de douleurs en douleurs, était parvenue jusqu'à nous comme une relique vivante de ce passé où son immortel frère brillait d'un incomparable éclat, la mort vient de la dévorer, il ne nous reste plus d'elle qu'une froide et insensible cendre ; et encore cette cendre inanimée que nous contemplons ici avec douleur, va nous être ravie à tout jamais : la tombe va l'engloutir, et dans quelques instans il ne restera plus qu'un nom...

Mais quel nom!

Robespierre sera grand et admiré dans tous les siècles parce que son dévouement à la cause de l'humanité fut inaltérable et pur. Si d'odieux calomniateurs ont, pour quelques années, terni sa mémoire, l'avenir écartera les nuages qui obscurcissent une si belle vie; la postérité qui s'avance réhabilitera le patriote désintéressé, le démocrate incorruptible; ou plutôt, la postérité n'a-t-elle pas déjà commencé pour lui? déjà ne rend-on pas justice de toutes parts à la pureté de ses intentions, à l'élévation sublime de son caractère, à la bonté de son cœur?

Toutes ces qualités qui brillaient à un si haut degré dans Maximilien Robespierre se retrouvaient dans sa sœur : sensible et bonne, douce et pleine de candeur, il ne lui manquait rien pour ressembler parfaitement à son frère : rien; car si la calomnie s'acharna sur Maximilien, comme lui elle fut calomniée.

Mais, dira-t on, qu'elle prise pouvait avoir sur elle la calomnie? elle, une femme, dont la vie tout entière consacrée aux habitudes et aux occupations de son sexe, étaient en dehors de la politique et des haines envenimées qu'elle enfante? que Robespierre eût été calomnié, on peu jusqu'à un certain point le concevoir; n'avait-il pas pour ennemis tous les ennemis du peuple? Mais sa sœur, bien qu'elle partageât ses principes et ses sentimens, avait-elle comme lui livré un combat à mort à l'aristocratie? N'importe! elle fut calomniée, on lui reprocha d'avoir renié son frère, d'avoir pactisé avec ceux qui se plongèrent dans le sang du martyr de thermidor. Quel horrible blasphême!

Non, vertueux et infortuné Maximilien, ta sœur ne t'a point renié, non, elle ne s'est point apostasiée en foulant sous ses pieds des principes qui ont été l'évangile de toute sa vie.

Sœur de Maximilien Robespierre; arrache-toi pour un instant des bras de la mort, apparais-nous encore une fois, et dis-nous si jamais dans ta pensée ton bon et malheureux frère a cessé d'être révéré et chéri, et si jamais tu as cessé de rendre hommage à ses vertus.

Charlotte Robespierre naquit deux ans après Maximilien, et trois ans avant son plus jeune frère. Elle fut la compagne assidue de leur enfance ; elle partagea et leurs plaisirs et leurs chagrins ; joyeuse quand ils étaient gais, triste quand ils avaient de la peine. On ne pouvait sans attendrissement l'entendre raconter des traits de leur jeune âge. Elle fut séparée de ses frères pendant tout le temps de leurs études ; quand ils se retrouvèrent plus tard, ils apportèrent dans leur intimité la même chaleur de sentiment que dans leur enfance. Mais bientôt les deux Robespierre lancés dans la politique avec tout l'enthousiasme de deux âmes passionnées pour la liberté et l'égalité, du rivage où la retenait son sexe leur sœur les suivaient avec anxiété sur cette mer si féconde en tempêtes et en naufrages, et les accompagnaient de ses vœux ardens. Elle les voyait l'un et l'autre entourés d'ennemis toujours prêts à les frapper. Qu'on juge de ses tourmens! elle mourait tous les jours de la mort qui menaçait ses frères.

Enfin le moment fatale arriva .... Deux coups de hache se firent entendre, deux têtes roulèrent, deux cadavres furent jetés pêle-mêle dans le même panier..... Ah! vous savez trop qu'elles étaient ces deux victimes; dispensez-moi de vous les nommer. Mais leur sœur, que devint-elle quand elle apprit leur fin si épouvantablement tragique? La vie lui devint insupportable; elle végéta tristement, douloureusement pendant quarante années; et, à la douleur d'avoir perdu deux frères adorés, se joignit celle de les voir en but aux plus affreuse calomnies. Forcée de cacher son nom pour se dérober à la rage des assassins de ses frères, elle vécut dans l'obscurité, applaudissant de toute son âme aux efforts du parti républicain pour doter la France d'institutions démocratiques et pour rendre le peuple au bonheur et à la liberté.

Voilà en peu de mots quelle fut la sœur de Robespierre. Une vertu si pure mérite tous les hommages des patriotes. Honorons-la, non-seulement à cause de son frère, mais parce qu'elle réunissait en elle les plus éminentes qualités.

Reçois nos adieux, sœur de Robespierre. Nous te rendons à la terre, notre mère commune; nous te quittons, mais nous emportons dans nos cœurs ton doux souvenir, et ce souvenir ne s'effacera jamais. La mort peut te ravir à nos respects et à notre amour, mais il est au-dessus de son pouvoir de nous ravir la consolation de penser à toi, de vivre avec toi en idée, de te voir, de te parler comme si tu n'avais pas cessé d'être.

Sœur de Robespierre, une dernière fois adieu.

TABLE DES MATIÈRES

CONTENUES DANS CET OUVRAGE.

Pages

INTRODUCTION. — Les hommes principes. — Robespierre essentiellement réorganisateur. — Il y a deux hommes en lui. — Comment il comprenait la Terreur. — Intentions pures. — Les protestans et la Montagne. — Férocité des thermidoriens. — Mauvaise foi. — Les partis au sein de la Convention. — Ce qu'on appelle les excès de 93. — Les deux fractions de la Montagne. — Incorruptibilité et lumières. — Besoin de réveiller les croyances. — Fête de l'Être-Suprême. — Faute de Robespierre. — Sa chute. — La Révolution s'arrête et rebrousse chemin. — Notice sur Charlotte Robespierre. — Son amie Mathon. — Ses liaisons avec le citoyen Laponneraye. — Sa mort et ses obsèques........ De 5 à 38

AVANT-PROPOS DE MADEMOISELLE ROBESPIERRE. — Elle veut réfuter les calomnies dont son frère a été l'objet. — Pourquoi elle a gardé le silence. — Acharnement des calomniateurs. — Accusations absurdes 39

CHAPITRE Ier. Enfance de Maximilien Robespierre. — Mort de sa mère et de son père. — Il commence ses études au collége d'Arras. — Ses amusemens. — Anecdote du pigeon. — Il part pour le collége Louis-le-Grand, à Paris. — Ses brillantes études. Il est chéri de ses maîtres et de ses condisciples. — Il est le défenseur de l'opprimé. — Il fait son droit. — Il est reçu avocat au parlement de Paris. — Motifs qui le déterminent à embrasser cette profession. 44

CHAP. II. Retour de Maximilien Robespierre dans sa famille. — Ses débuts au barreau. — Son désintéressement. — Son genre de vie. — Ses mœurs privées. — Son attachement pour mademoiselle De-

Pages

sorties. — Ses relations avec l'aristocratie d'Arras. — Ses amis et ses ennemis. — La Société des arts et des sciences de Metz couronne un discours de Robespierre. — La Société des *Rosatis* et l'académie d'Arras le reçoivent au nombre de leurs membres. — Augustin Robespierre. — Portrait des deux frères. — Maximilien est nommé membre du tribunal criminel d'Arras. — Il est élu député aux États Généraux. — Jugement de Mirabeau sur Robespierre. 54

CHAP. III. Idée générale de ces mémoires. — Robespierre à Paris. — Il loge rue Saintonge, avec un ami. — Il se lie d'amitié avec Pétion. — Entrevue de Robespierre et de Pétion. — Leur entretien sur les événemens des 2 et 3 septembre. — Relations de Robespierre avec M. et Mme Roland. — Il fait connaissance avec les Duplay, et se met en pension chez eux. — Griefs de Charlotte Robespierre contre madame Duplay. — Retour de Maximilien à Arras. — Magnifique réception. — Il revient à Paris. — Il est élu membre de la commune insurrectionnelle du 10 août, et plus tard membre de la convention nationale, ainsi que son jeune frère. — Réfutation d'une note de Mme de Genlis.................. 72

CHAP. IV. Départ de Charlotte Robespierre et de son jeune frère pour Nice. — Ce qui leur arrive à Lyon. — Les dangers qu'ils courent avant d'arriver à leur destination. — Ils sont poursuivis par les Marseillais. — Arrivée à Nice. — Promenades à cheval. — Indigne procédé de Mme Ricord à l'égard de Charlotte Robespierre. — Elle est calomniée par elle auprès de son frère. — Piége infâme que lui tend Mme Ricord pour la faire retourner à Paris. — Conséquence de cette trahison......................... 99

CHAP. V. Diverses tentatives sur Maximilien Robespierre. — Fouché est présenté à Charlotte Robespierre par Maximilien. — Il la demande en mariage. — Mission de Fouché à Lyon. — A son retour Robespierre l'accable de reproche sur sa conduite dans cette ville. — Rupture entre Charlotte et Fouché. Charlotte Robespierre est calomniée par Mme Ricord.

Pages

Relations de Charlotte Robespierre et de son jeune frère avec Bonaparte. — Entrevue de Robespierre et de Marat. — Robespierre jeune revient à Paris et ne veut point voir sa sœur. — Charlotte lui écrit. — Maximilien se sépare de ses collègues du comité de salut public. — Avant-coureur du 9 thermidor. — Griefs des ennemis de Robespierre contre lui. — Appréciation de Danton et de Camille Desmoulins. — Séances du 8 et du 9 thermidor. — Mort des deux Robespierre. — Arrestation de leur sœur. — Conclusion 117

Notes et Pièces justificatives.......... 149

N° 1. Dédicace de Maximilien Robespierre aux mânes de Jean-Jacques Rousseau.......... *Id.*

N° 2. Lettre de Charlotte Robespierre au rédacteur de l'*Universel*, 24 mai 1830.......... 152

N° 3. Réponse de M. Fosseux à une lettre que lui écrivit Maximilien Robespierre en lui envoyant un exemplaire de l'Éloge de Gresset 155

N° 4. Remercîmens à MM. de la Société des Rosatis. 157

N° 5. Jugement de Charlotte Robespierre, sur un portrait de son frère aîné.......... 159

N° 6. Lettre inédite de madame Roland à Maximilien Robespierre.......... 160

N° 7. Lettre de Charlotte Robespierre à son jeune frère.......... *Id.*

N° 8. Inventaire des objets laissés par Charlotte Robespierre à sa mort.......... 165

N° 9. Pensées recueillies par Charlotte Robespierre..

N° 10. Lettre de Charlotte Robespierre au citoyen Laponneraye, à Sainte-Pélagie, le 20 février 1834. 171

N° 11. Testament de Charlotte Robespierre.......... 173

N° 12. Discours prononcé le 3 août 1834, sur la tombe de Charlotte Robespierre.......... 174

FIN DE LA TABLE DES MATIÈRES.

www.ingramcontent.com/pod-product-compliance
Ingram Content Group UK Ltd.
Pitfield, Milton Keynes, MK11 3LW, UK
UKHW031843260826
14628UKWH00002B/562

9 782012 922846